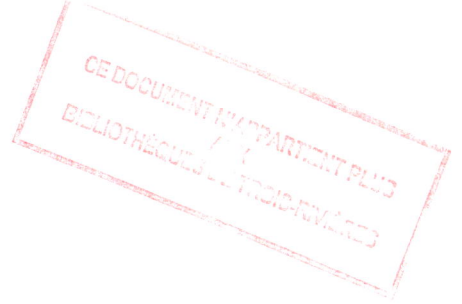

folio
junior

© Gallimard Jeunesse, 2007, pour le texte et les illustrations

Hugo Verlomme

Le fantôme des plages

Illustrations de Marc Lagarde

GALLIMARD JEUNESSE

1
Un été pas comme les autres

Dès le début, ce ne fut pas un été comme les autres. Arthur avait beaucoup entendu parler d'Hossegor sans avoir jamais mis les pieds sur une plage landaise. Les vagues, le surf, cet univers semblait appartenir au passé de son père, mort brutalement deux ans plus tôt. C'était comme un territoire sacré dont on n'ose pas trop approcher. Mais après la disparition de Kevin, son père, Arthur s'était lié d'amitié avec son cousin Benji ; les garçons, qui vivaient dans le même quartier de Paris, ne se quittaient plus. Quand vint le temps des vacances d'été, Benji supplia son père d'emmener Arthur avec eux dans leur maison d'Hossegor ; il voulait tant lui faire découvrir les plages de l'Atlantique ! Son père, cousin de Kevin, avait lui aussi souffert de sa mort et songea que ce serait un pèlerinage important pour Arthur, une façon de lui faire mieux connaître son père disparu. La mère d'Arthur voyait d'un bon œil le séjour de son fils dans le Sud-Ouest ; à vrai dire cela l'arrangeait même, car elle avait des plans de son côté. C'est ainsi que les deux inséparables cousins prirent ensemble le train pour les Landes.

La maison du père de Benji s'appelait pompeusement « Le Ranch » ; c'est vrai qu'elle ressemblait plus à un ranch du Montana qu'à une villa classique de la côte aquitaine. Mais ce qui réjouit Arthur, c'est qu'elle se trouvait juste derrière la dune, à quelques centaines de mètres de la mer. Dès qu'il descendit de voiture, le jeune Parisien fut saisi par les échos d'un grondement caverneux revenant à intervalles réguliers.

– Le bruit des vagues, commenta le père de Benji. Voilà aussi pourquoi j'ai fait construire la maison ici, sur un *tuc*, comme on dit dans les Landes pour désigner le sommet de la dune. Et tu sais quoi, Arthur ? Du premier étage, on voit la mer !

Fier de sa maison, Joël avait plaisir à voir Arthur s'extasier devant la piscine, le patio, les palmiers, le petit coin abrité sous un auvent pour faire cuire le poisson « à la plancha », directement sur une plaque de fonte… Ici on avait à la fois les pieds dans le sable et le regard tourné vers la dune ou la forêt de pins.

– Ça sent drôlement bon… dit Arthur en humant l'air plein d'effluves de pin, de bois et de sable, de serpolet des dunes et d'embruns tout proches.

– Eh oui, ici on a le meilleur air de la région,

reprit le père de Benji. Et aussi la plus grande forêt d'Europe, la plus longue plage de sable et, en plus, l'air du large venu dans le golfe de Gascogne par l'Atlantique nord…

– Arrête papa, tu rabâches, on dirait un guide touristique, intervint Benji en riant.

– Je dis ça pour Arthur, Ben. N'oublie pas qu'il n'est jamais venu ici.

– Enfin quand même, rectifia Arthur, je suis venu quelques jours avec papa et maman… J'avais quatre ans.

– Oui, je m'en souviens, mais toi tu ne dois pas avoir beaucoup de souvenirs…

– Non, c'est vrai, mais papa m'a tellement parlé d'Hossegor, du surf, des vagues, de ses parties de pêche… J'ai l'impression de revenir quelque part… dit Arthur les yeux brillants.

– Attends d'avoir vu l'océan, lança Benji enthousiaste.

– En plus, il y a de belles vagues aujourd'hui, précisa Joël en connaisseur. Mais le plus étonnant, c'est la température de l'eau. Mes amis pêcheurs remarquent de plus en plus de poissons tropicaux qui remontent vers le nord : ils voient des espadons et des daurades coryphènes…

Joël soupira.

– Je ne sais pas où va nous mener ce réchauffement climatique, les eaux de la mer sont beaucoup trop chaudes pour la saison…

— Eh bien tant mieux pour le surf, dit Benji un peu dépité.

— Peut-être, Benji, répondit son père, mais tout ça est plutôt dangereux pour notre pauvre planète ! La météo devient folle. Et quand l'eau se réchauffe, les tempêtes deviennent plus violentes, les pluies provoquent des inondations, les pôles se mettent à fondre. Et avec tout ça, forcément, le niveau de l'eau monte...

Le sujet revenait presque quotidiennement aux informations ; les téléviseurs eux-mêmes débordaient d'images d'inondations aux quatre coins de la planète. Les modèles météo classiques ne fonctionnaient plus. On voyait de tout : des cyclones dans l'hémisphère nord, des tornades en Méditerranée, des vagues de plus en plus grosses détruisant des plates-formes pétrolières et coulant même des supertankers...

— Tu viens, Arthur, on va voir les vagues ? lança Benji joyeusement.

Une voix glaciale fusa derrière eux :

— Oui, mais il faudrait *d'abord* ranger vos affaires dans vos chambres.

Ce fut par cette phrase que Barbara, la nouvelle compagne de Joël, les accueillit.

Arthur avait été abondamment prévenu par son cousin : Barbara aimait surtout s'occuper d'elle-même et faisait dépenser beaucoup d'argent à Joël en robes, maquillage, soins, coiffeurs, etc. Elle était plus jeune que le père de Benji, ses cheveux étaient trop blonds et elle passait des heures à faire bronzer son corps de mannequin. Pour elle, les enfants représentaient une corvée supplémentaire et l'idée que Benji vienne passer ses vacances avec son cousin lui déplaisait au plus haut point. Barbara ne voyait en eux que des montagnes de linge sale et des frigos désespérément vides. Pour la convaincre, Joël avait dû batailler, lui expliquer qu'il avait beaucoup aimé son cousin Kevin et qu'il était essentiel pour Arthur de connaître Hossegor, cela l'aiderait à faire son deuil.

Arthur sentit tout de suite que cette femme ne l'aimait pas et ne l'aimerait jamais. Derrière son sourire éclatant et pomponné se cachait un caractère en acier trempé. En outre, Barbara était aussi maniaque de la propreté. Une fois leurs affaires à peu près rangées, Benji se précipita dans la chambre d'Arthur; tous deux mouraient d'envie de voir Pépète et ses chiots.

Arthur était ému à l'idée de la revoir, car cette chienne avait vécu avec lui et sa famille jusqu'à la mort de Kevin. Sa mère n'avait pu la garder après leur déménagement. Joël, qui vivait dans de grands espaces et adorait les animaux, l'avait volontiers adoptée. Tout le monde aimait Pépète : intelligente, débrouillarde, douce avec les enfants, elle était un mélange de labrador, dont elle avait le pelage noir, et de bâtard des rues, d'où son plastron blanc. Pépète avait l'art de se faire des amis, aussi bien dans les arrondissements de Paris que sur les plages d'Hossegor. En outre, elle venait de mettre au monde trois adorables petits chiots. Ils couinaient au fond d'un grand panier doublé de couvertures, installé dans le garage. Dès qu'elle vit arriver les enfants, Pépète leur fit la fête, surtout à Arthur, dont elle lécha les mains, puis les joues, lorsqu'il s'accroupit vers elle, montrant par là qu'elle l'avait reconnu.

– Pépète ! Ma Pépète ! répétait Arthur tout heureux en lui caressant la tête.

Cette chienne lui rappelait mille et un souvenirs liés à son père : des promenades en forêt, des voyages en voiture, des moments tendres, blottis près du feu…

Benji s'extasiait sur les chiots : deux étaient noirs et le troisième marron. Ils piaillaient, se tortillaient,

gigotaient, se passaient la langue sur leur museau encore ratatiné et paraissaient tout éblouis. Ils reniflaient, léchaient, mordillaient ou cherchaient fiévreusement la mamelle de leur mère. Ils étaient irrésistibles... Après ces chaleureuses retrouvailles, Benji se tourna vers son cousin.

– Allez ! On va voir la mer ?

Cette question fut un signal auquel tout le corps d'Arthur répondit. Son cœur battit plus vite et il ressentit un début de trac, comme avant un grand saut. Ils ne prirent que leurs maillots, deux serviettes, et grimpèrent la dune suivis de Pépète, les mamelles pendantes, qui vivait en totale liberté dans ce quartier béni, entre lac et mer. Elle les escortait discrètement, allait, venait, remuant joyeusement la queue. Par moments, Benji lui envoyait un bâton qu'elle ne rapportait qu'une première fois. Si jamais on le relançait, Pépète ne daignait même pas bouger, l'air de dire : « Il est idiot celui-là ou quoi ? Je viens juste de le lui rapporter, son bâton ! »

Il suffisait de passer la dune pour se retrouver face à ce spectacle toujours saisissant : une plage de sable interminable qui filait droit vers le nord ; d'un côté les vagues bleues et blanches, et de l'autre la vaste forêt de pins. Modelées par les vagues et le vent, les dunes formaient un long cordon entre mer et forêt. Elles ressemblaient à une mer de sable jaune, avec ses creux et ses crêtes. Vers l'ouest, l'océan sans limites évoquait une énorme bête sauvage qui sommeille. Des houles venues de loin, parallèles et arrondies, se déployaient en arc de cercle avant de déferler au ralenti. Perles scintillantes, cavernes turquoise. Le jeune Parisien resta bouche bée devant la beauté des rouleaux. Bien sûr, il avait déjà vu de nombreuses images de surf, mais là, « en vrai », les vagues lui coupaient le souffle.

– Ah, ce que c'est beau ! Je ne m'en lasse jamais ! lâcha Benji tout aussi admiratif. Chaque fois que je reviens ici, c'est comme la première fois…

Des panaches d'écume se fracassaient en échos superposés. Du haut de la plage, les vagues semblaient sages et ordonnées, mais plus les garçons se rapprochaient, plus elles paraissaient puissantes, échevelées, nimbées de senteurs d'iode et d'embruns salés.

– Ça te change de Collioure ? lui demanda Benji qui se mettait en maillot sans perdre de temps.

– Ah ça, tu l'as dit ! répondit Arthur en l'imitant, les yeux rivés sur le déroulement des vagues.

Là-bas, à des centaines de kilomètres vers l'est, à l'autre extrémité des Pyrénées, se trouvait une autre mer… Arthur avait passé la plupart de ses vacances à Collioure, près de la frontière espagnole, sur les bords de la Méditerranée, dans la maison de sa grand-mère maternelle. Une dame d'un autre temps, vêtue de noir, qui passait le plus clair de ses journées dans son jardin ou sa cuisine à mitonner des petits plats catalans à base de poisson fraîchement pêché et de légumes du potager. Ça sentait bon l'ail, le basilic et l'anchois...

La décision de passer les vacances d'été à Collioure venait de la mère d'Arthur, ce qui avait donné lieu à des frictions entre ses parents. Kevin était un adepte des plages landaises, mais Laura n'aimait pas l'Atlantique et ses vagues dangereuses ; elle était une pure Méditerranéenne et ne jurait que par cette mer sans vagues, pleine de couleurs, véritable berceau de l'histoire humaine. En outre, sa famille disposait d'un délicieux appartement attenant à la maison de sa mère, avec une terrasse en tomettes d'où ils pouvaient admirer la mer et l'église Notre-Dame-des-Anges, installée sur l'eau, dans le port.

À Hossegor, en revanche, Kevin et sa famille ne disposaient d'aucun point de chute. Faisant contre mauvaise fortune bon cœur, Kevin s'était donc contraint à abandonner les Landes pour profiter des meilleurs côtés de Collioure, charmant petit port catalan au pied des Pyrénées, entouré de criques poissonneuses aux eaux claires. C'est là qu'il avait initié son fils à la voile, la plongée, la pêche, la planche à voile et d'autres activités marines. Arthur avait côtoyé de près les embruns et les fonds marins, il était à l'aise dans l'eau et adorait naviguer, nager ou plonger, mais jamais il n'avait imaginé être confronté à de telles vagues ! Ces fameuses vagues qui faisaient se languir les surfeurs du monde entier lui paraissaient soudain aussi splendides que terrifiantes, vues de près.

— Si tu n'as pas l'habitude, il vaut mieux que tu restes au bord, dans les mousses, dit Benji tandis que tous deux s'avançaient vers l'eau bouillonnante. On dirait qu'il y a un peu de jus aujourd'hui !

— Du jus ?

— Oui, c'est comme ça qu'on appelle le courant de bord, quand la mer te tire vers le large sans que tu puisses résister...

Ils furent éclaboussés ; plus il s'approchait de cet univers immense et vivant qui remuait en tous sens, moins Arthur se sentait vaillant. Certes, il voulait faire bonne figure devant son cousin, mais son cœur battait à tout rompre et ses jambes flageolaient. Bien qu'un peu gros et enveloppé, Benji se déplaçait souplement. Sa corpulence lui valait parfois des moqueries de ses copains ou des remarques blessantes de Barbara. Benji aurait bien aimé perdre quelques kilos, ne serait-ce que pour plaire aux filles ; il avait beau manger modérément et faire du sport, il ne maigrissait pas. Par contre, dès qu'il nageait, le jeune homme se sentait aussi à l'aise qu'un phoque et pouvait passer des heures dans l'eau.

— Reste bien dans les mousses, là où tu as pied, conseilla Benji, et surtout plonge sous les vagues. Je reviens...

Arthur était plutôt bien bâti, quoiqu'un peu mince. Ses cheveux châtains restaient toujours en bataille et ses grands yeux noirs fascinaient ceux qui parlaient avec lui. Il regarda Benji s'élancer dans les flots, piquer une tête sous la première barre blanche qui fonçait sur lui, puis ressortir et replonger sous la suivante et ainsi de suite, s'éloignant de plus en plus du bord, jusqu'à se retrouver nageant au-delà de la barre.

Arthur resta fièrement debout face à la première vague qui déboula sur lui, pensant lui faire face, mais il fut balayé par une force insoupçonnable. L'eau était bonne et pourtant il frissonna de tout son corps alors qu'il roulait et boulait dans la mousse et le sable. C'était à la fois effrayant et amusant, et il ne put s'empêcher de rire...

Non loin de là, sous l'eau, à quelques centaines de mètres de profondeur, le dormeur des abysses s'éveilla d'un long sommeil. Il lui sembla avoir entendu quelque chose... Une voix familière, une présence qu'il attendait depuis longtemps...

Le dormeur des profondeurs s'étira sur son lit argileux, chassa quelques algues qui s'étaient accrochées à ses doigts pendant son sommeil, et tendit l'oreille. Au fond du canyon sous-marin, des sons lui parvenaient amplifiés, déformés. Pourtant, il avait bel et bien entendu un rire familier, un rire d'enfant qui l'appelait, tout en lui remémorant des moments heureux de sa vie sur terre. Sa vie d'avant…

Il décida alors de remonter en surface, pour voir de plus près à qui appartenait ce rire.

Lorsqu'il émergea de son roulé-boulé, encore hilare, Arthur vit Benji nager en direction des vagues les plus grosses ; d'autres nageurs se trouvaient là-bas et certains, munis de palmes, glissaient sur leurs flancs tels des danseurs à l'horizontale. Un peu plus loin, des surfeurs immobiles attendaient la série de vagues, à califourchon sur leurs planches.

Tandis qu'une nouvelle barre d'écume fonçait sur lui, les mots de Benji lui revinrent en mémoire : « Plonge bien sous les vagues »… Arthur piqua une tête, comme il avait vu son cousin le faire, juste avant que la vague n'arrive sur lui. Tendu comme une flèche sous l'eau, il passa plus facilement les turbulences et ressortit derrière. C'était plutôt amusant !

Benji était passé de l'autre côté de la barre, là où se forment les vagues. Arthur l'observa un moment et songea : « Jamais je n'aurai le courage d'aller là-bas ! »

Une autre barre blanche dévala dans sa direction et lorsqu'il plongea dessous, un étrange phénomène se produisit : un sifflement modulé résonna dans ses oreilles, comme lors d'un changement de pression, précédant une voix d'homme qui sembla lui répondre : « Mais si, tu iras là-bas ! »

Arthur sortit la tête de l'eau, les yeux piquants de sel, secoué par ce qu'il venait d'entendre clairement. C'était impossible ! Il regarda autour de lui : personne. Le ressac le tirait vers le large, mais il gardait les pieds campés dans le sable. Quelle puissance incroyable ! Il avait à la fois envie de remonter à l'abri sur la plage et de plonger vers le large pour rejoindre Benji, « là-bas », en train de rire avec ses amis retrouvés.

Bientôt Benji revint à toute allure en « bodysurf », propulsé sur le flanc d'une vague, un bras en avant, le corps tendu comme une flèche qui pourfend l'écume. Porté par la mousse, il s'approcha d'Arthur, un immense sourire aux lèvres.

– Ah, je revis quand j'arrive ici ! s'écria Benji en bondissant dans les vagues comme s'il avait passé sa vie à jouer dedans. Et toi, tu t'en sors ?

– J'ai fait comme tu m'as dit : j'ai plongé dessous. J'ai même entendu un drôle de truc...

Il n'eut pas le temps de finir sa phrase qu'une nouvelle barre écumante dévalait sur eux. Les deux cousins plongèrent en même temps dessous, tels des saumons qui remontent un torrent. Benji l'entraîna un peu plus loin, mais pas trop ; il connaissait les dangers de ces plages et ne voulait pas brusquer Arthur pour son premier bain dans les vagues d'Hossegor. Ils s'amusèrent un moment dans les mousses et le ressac, joyeusement bousculés, roulés dans le sable, se tendant mutuellement des pièges, jouant et s'éclaboussant tels deux jeunes chiots surexcités.

Alors qu'ils s'apprêtaient à sortir de l'eau, de drôles d'embarcations fusèrent vers eux à la faveur des vagues. Plus grosses que des planches de surf, plus petites que des kayaks, ces trois planches étaient habilement pilotées par deux hommes et une femme en Lycra rouges, qui se tenaient à genoux dessus pour surfer la vague. Benji les salua :

– Hé ! Ho ! Flapy ! Marion !

– Ho, Benji ! T'es arrivé quand ?

Flapy souriait de toutes ses dents en sortant de l'eau.

Les retrouvailles furent chaleureuses et Benji leur présenta son cousin Arthur, « le Méditerranéen ». Bastien, Marion et Flapy pratiquaient le sauvetage côtier depuis quelques années sur les plages d'Aquitaine et venaient de traverser le champ tumultueux des vagues avec une agilité de dauphins.

Arthur les écouta avec étonnement échanger quelques propos : leur vie semblait pleine de vagues, de courses au large, de longues nages dans les courants, de surf, de planches longues et courtes, de

kayaks, de tempêtes et de compétitions se déroulant à l'autre bout du monde : Australie, Californie, Floride, Hawaii… Le sauvetage côtier est une discipline sportive polyvalente, où l'on apprend à nager dans les vagues, à évoluer sur des planches, ou à sauver des nageurs en difficulté.

Benji et Arthur les aidèrent à remonter leurs « paddleboards », ou planches de rame, munies de poignées, jusqu'en haut de la dune. Pépète les accompagnait, aboyant joyeusement, heureuse de participer elle aussi aux retrouvailles. Arthur ne disait pas grand-chose mais observait tout, absorbant les images, les sons, les odeurs, avec le sentiment de vivre un moment exceptionnel. Il était encore marqué par ce qu'il avait si clairement entendu sous l'eau, cette voix qui répondait à sa question. Comment était-ce possible ? Cela pouvait-il provenir de l'intérieur de sa tête ?

La beauté du paysage finit par balayer ses doutes. Tandis qu'Arthur remontait vers le sommet de la dune avec ses nouveaux amis, le soleil fondait sur l'horizon, irradiant le ciel de ses couleurs chatoyantes. Des nuages tortueux se teintaient d'or et d'orange. Arthur se sentit vraiment bien dans sa peau, pour la première fois depuis longtemps. Il n'était pas peu fier d'aider ces sauveteurs à porter ces grandes planches qui permettaient de sauver des vies et de surfer des vagues.

– Tu sais, dit Benji à son jeune cousin, s'ils voulaient, sur ces planches de paddle, ils pourraient ramer jusqu'en Espagne, là-bas, de l'autre côté du golfe !

Arthur tourna la tête et plissa les yeux, tel un Indien, pour mieux distinguer les montagnes dans le lointain, apparitions massives flottant sur l'horizon. Benji pointa le doigt en direction des Pyrénées.

— Là-bas, très loin, se trouve l'Espagne, d'où part la plus longue course de paddle au monde, San Sebastian-Capbreton : ça fait quand même 63 kilomètres sur une simple planche en pleine mer, au large, rien qu'en ramant avec les mains sur la houle. Les meilleurs mettent à peine sept heures !

— Et puis il y a aussi la redoutable Molokai, le coupa Bastien avec son accent du Sud-Ouest, la course mythique d'Hawaii, une épreuve de 50 kilomètres entre les îles. Les rameurs doivent faire face à la houle, aux vagues, aux vents et aux courants, très puissants entre les îles, le tout à la force des bras… Crois-moi, beaucoup n'arrivent pas jusqu'au bout…

— Mais Marion l'a fait, précisa Flapy avec son éternel sourire. Elle est même arrivée troisième, c'est une vraie championne, alors qu'il y a de gros balèzes qui craquent à mi-chemin et…

— Ça va, Flapy, répondit-elle gênée, n'en rajoute pas.

Elle regarda Arthur avec un sourire et lui expliqua :

— Les anciens Hawaiiens se servaient de leurs planches en bois de balsa comme moyen de transport entre les îles, ils parcouraient des kilomètres à la rame et n'en faisaient pas tout un plat…

Marion avait un corps souple de nageuse et de grands yeux profonds. On sentait chez elle un esprit bien organisé et beaucoup de grâce.

Ces trois-là étaient de vraies créatures de la mer, tannées par le soleil, les cheveux délavés, les cils pleins de sel et des vagues plein les yeux. Au sommet de la dune, ils firent une pause pour souffler et contempler le spectacle.

– Si la houle tient, ajouta Bastien, on pourrait avoir de belles vagues, demain au montant.

– Prions le ciel de nous envoyer le vent d'est du matin, précisa Flapy.

– Demain c'est mon anniversaire, déclara Marion de façon impromptue.

– Sans blague ?

Flapy fut pris de court.

– Eh ben alors, bon anniv'…

Bastien voulut lui faire la bise, mais elle le repoussa.

– Arrête, tu sais très bien que je suis superstitieuse, Bastien ! On ne souhaite pas un anniversaire la veille…

– Mais enfin, qu'est-ce que tu veux qu'il t'arrive d'ici demain ? répondit-il, toujours maladroit.

Bastien était souvent un peu belliqueux, comme sur un terrain de rugby.

Pour toute réponse, Marion soupira en haussant

les épaules ; inutile de discuter avec Bastien qui fonçait toujours tête baissée dans la mêlée.

– Alors, c'est quand même plus beau que la Méditerranée, non ? demanda Flapy à Arthur qui contemplait les séries de vagues.

– Disons que c'est autre chose, répondit Arthur un peu gêné. Là-bas l'eau est toujours d'un bleu intense ; et puis tout est dans la lumière, chaque rocher a une histoire… Ici la mer est différente…

– Ouais, intervint Bastien moqueur, sauf qu'ici, c'est pas la mer, c'est l'océan…

– Arrête un peu, tu es lourd ! lança Flapy.

– Tu disais quoi, Arthur ? demanda Marion.

– Qu'ici… l'océan est grand et fort… Je ne sais pas très bien quoi dire de plus…

– Eh bien « grand » et « fort », c'est déjà pas mal, répondit Marion protectrice. Car tel est l'océan.

Un début de complicité s'installa entre eux. Voyant cela, Bastien se tourna vers Marion et lui demanda en plaisantant :

– Et ça te fera quel âge demain ? Quinze ? Vingt ? Vingt-cinq ?

– Tu es fatigant, Bastien ! lança Flapy, toujours prêt à défendre Marion qu'il admirait. Tu ne sais donc pas qu'on ne demande jamais leur âge aux dames ?

– Tu le sauras demain, si tu viens à mon anniversaire… répondit Marion malicieuse.

Puis elle se tourna vers les nouveaux venus, Arthur et Benji.

– Si ça vous dit, venez aussi, on se retrouve sur la plage, au club, en fin d'après-midi...
– OK, répondit Benji pour eux deux.

La nuit venue, lorsqu'il fermait les yeux pour essayer de s'endormir, Arthur continuait à voir défiler des vagues, encore des vagues... Il était hanté par ces masses d'eau si vivantes. Leur souvenir était lumineux au point de l'empêcher de dormir. Même la fenêtre fermée, il croyait entendre leur martèlement continuel, de plus en plus assourdissant. Il revoyait Benji nageant au milieu des géants liquides et aussi ses trois amis en maillots rouges, filant sur les vagues avec leurs longues planches de rame. Et cette voix qui s'était adressée à lui... Trop de pensées tourbillonnaient dans la tête d'Arthur, épuisé par le voyage, la mer, les émotions, l'absence de son père... Il finit par s'endormir sur cette spirale d'images, bercé par le tam-tam des vagues grossissantes.

Au beau milieu de la nuit, Arthur partit dans un rêve très fort : on frappait à la fenêtre et il eut le soudain espoir que son père était de retour, mais lorsqu'il scruta la nuit, il vit au-dehors de grosses barres d'écume blanche. Les vagues noires passaient aisément la dune et déboulaient en avalanches vers la maison ! La fenêtre s'ouvrait au ralenti et Arthur était emporté dans les turbulences de son rêve ; il roulait et boulait dans le chaos liquide et la voix revenait, répétant : « Mais si, tu iras là-bas ! » Arthur cherchait à respirer, sans y parvenir, car la vague le maintenait sous la surface, risquant de l'étouffer. Le rêve se transformait en cauchemar. Le cri qu'il poussa réveilla Benji dans la chambre voisine. Celui-ci trouva Arthur assis sur le bord de son lit, essoufflé, échevelé, pas encore tout à fait sûr d'être revenu à la réalité.

– Ho ! Arthur ! Qu'est-ce qui t'arrive ? T'as fait un mauvais rêve ?

Arthur secoua la tête, encore hébété, avant de répondre :

– Oh là là ! J'ai cru… J'ai cru que les vagues étaient passées par-dessus la dune, elles déboulaient sur la maison et défonçaient tout ! Et j'étais emporté…

Benji s'assit près de lui pour le réconforter.

– Tu n'es pas le premier à faire ce genre de cauchemar. Tu verras, on s'habitue.

– Mais tu ne crois pas que si les vagues deviennent très grosses un jour, elles risquent de passer par-dessus ?

– T'inquiète pas, mon pote, dit Benji en lui donnant un petit coup d'épaule. Les dunes sont là depuis longtemps et la mer ne passe jamais par-dessus. Pourtant il y a des tempêtes d'hiver qui sont sacrément méchantes ! Te fais pas de soucis et dors.

Arthur eut néanmoins du mal à se rendormir. Cette région ravivait une moisson de souvenirs liés à son père. Depuis deux ans qu'il était mort soudainement d'une rupture d'anévrisme, Arthur s'efforçait de ne pas trop y penser. Lorsque la nostalgie affluait, il refusait de se laisser submerger par l'émotion et le chagrin. Sa mère l'avait bien envoyé chez un psychologue, mais il n'aimait pas ses questions ; trop souvent Arthur avait l'impression de n'être pas compris. Aujourd'hui, en se baignant dans les vagues mouvementées d'Hossegor, il s'était profondément rapproché de son père et de cet océan immense… Et c'est ainsi qu'Arthur se rendormit, parmi des images de vagues agitées et le visage de son père.

2
Un rêve prémonitoire

Une grosse surprise attendait tout le monde le lendemain matin. La maisonnée fut réveillée par des sirènes, des véhicules et des gyrophares tout proches. En quelques instants, Benji et Arthur furent habillés pour aller voir de quoi il s'agissait. Au début ils crurent à un accident. Deux bulldozers déplaçaient du sable de la dune répandu sur la chaussée. Les pompiers étaient là aussi.

– Regarde ! lança Benji à son cousin.

Là où l'un des bulldozers creusait, apparaissait l'arrière d'une voiture ensablée !

– La dune a dû s'effondrer sur la route, supposa Arthur.

– Hé bé non, c'est pas ça, dit une grosse voix près d'eux, avec un accent landais, ce sont les vagues : cette nuit elles sont passées par-dessus la dune ! On n'a jamais vu ça ici, je vous le dis !

C'était un employé municipal, vêtu d'un gilet fluorescent, pelle à la main. Il observait les voitures ensablées en hochant la tête :

– On n'a jamais vu ça, je vous le dis, répéta-t-il, et je suis né ici !

– Les vagues ?

Benji n'en revenait pas.

– C'est donc l'eau qui a entraîné tout ce sable sur la route ! compléta-t-il, comprenant ce qui s'était passé.

Puis il se tourna vers son cousin et le fixa avec un drôle d'air.

– Mais dis donc, tu avais raison, cette nuit ! Ton cauchemar, Arthur... Tu disais que les vagues allaient passer par-dessus la dune !

Arthur hocha la tête, mal à l'aise ; ce n'était pas la première fois qu'il avait ce genre d'intuition, mais il évitait d'en parler. Troublé, son cousin lui mit la main sur l'épaule et dit :

– Allez, viens, on va voir la mer...

C'est vrai, dans le vacarme des véhicules, ils en avaient presque oublié la mer ! Le cœur battant, ils contournèrent l'attroupement pour se diriger vers la plage. Au lieu d'être propre et bien dégagé, le passage entre les dunes était jonché de bois flottés et de débris en tous genres.

– Regarde-moi ce bazar !

C'est en découvrant la multitude d'objets charriés par les vagues que Benji mesura l'énormité de ce qui s'était passé pendant la nuit. La dune avait été coiffée par l'eau, les plantes étaient couchées, les clôtures déchiquetées et des débris de toutes sortes jonchaient la dune. Ici et là, des branches, des souches, des troncs, des flotteurs et des filets de pêche, des bouteilles, des caisses, des bidons, tous ces objets flottants venus de la terre que la mer semblait rejeter. Vision bizarre : une méduse gélatineuse avait été propulsée jusque-là, plantée contre un gros chardon mauve hérissé de piquants.

Arthur ne pouvait s'empêcher de penser aux images de tsunami vues à la télé : maisons rasées, arbres déracinés… la mer pénétrait parfois sur plusieurs kilomètres à l'intérieur des terres. Certes on n'en était pas encore là sur les plages d'Hossegor, mais ce paysage lessivé n'en évoquait pas moins le passage d'un raz de marée… Parvenus au sommet de la dune, les deux cousins s'attendaient à trouver une mer déchaînée ; or il n'en était rien. La marée était basse, la mer s'était retirée. Plus loin, des vagues déferlaient ; elles étaient de taille normale. D'autres personnes réveillées par les débordements de la nuit contemplaient anxieusement l'océan. Deux hélicoptères de l'armée passèrent à basse altitude dans un vacarme assourdissant. L'inquiétude flottait dans l'air, ainsi que la crainte de voir s'élever sur l'horizon une vague beaucoup plus grosse que les autres, qui passerait facilement par-dessus le cordon dunaire et submergerait d'un coup les terres plates et marécageuses des Landes.

– Tu vois, dit Benji étonné, l'océan est comme d'habitude ! Les vagues aussi ! Je ne comprends pas ce qui a pu se passer cette nuit ? Peut-être un tsunami ?

Ils s'apprêtaient à rentrer lorsqu'ils virent Flapy, l'air grave, qui ne leur sourit même pas.

– Marion m'a appelé. Le club est abîmé, il y a de la casse, je vais les aider…

– Viens, Arthur, on y va ! lança Benji sans réfléchir. À ton avis, qu'est-ce qui s'est passé cette nuit, Flapy ?

– J'en sais rien, Ben, tout le monde a une idée différente sur le sujet.

Le club de sauvetage n'était rien d'autre qu'une cabane en bois montée et démontée chaque été sur la dune. Un abri où entreposer quelques planches, des kayaks et des affaires, servant de point de ralliement aux apprentis sauveteurs. Mais la cabane avait été enfoncée et couchée par les vagues de la nuit. Ici et là, garçons et filles ramassaient ce qu'ils pouvaient sous le sable. Instinctivement, Arthur se mit à scruter le sol autour de lui. Au bout d'un moment, parmi les souches, les morceaux de bois et les boules d'algues, il distingua quelque chose de brillant qui émergeait à peine et l'extirpa du sable : une coupe représentant une planche dorée, avec des mentions gravées en anglais sur le socle. Marion venait à eux pour les saluer, lorsqu'elle s'illumina à la vue du trophée qu'Arthur tenait entre ses mains.

– Ouf ! Tu l'as trouvée, Arthur ! C'est génial ! Je te remercie mille fois ! J'étais tellement triste de l'avoir perdue !

Elle lui prit la coupe des mains, non sans lui avoir fait la bise.

– C'est la coupe qu'elle a gagnée à Hawaii, commenta Flapy.

– Oui, et j'ai drôlement peiné pour l'avoir, dit-elle d'une petite voix.

Elle haussa les épaules :

– Mais cette nuit, tout a été balayé…

Ses yeux étaient rouges d'avoir pleuré. Consternée, elle regarda autour d'elle, la cabane abattue, les planches brisées et soupira :

– Je n'en reviens pas ! La Terre est devenue folle ! Tu parles d'un anniversaire…

– On va tout reconstruire, Marion, t'en fais pas ! lança Flapy avec entrain.

– Ouais… dit-elle en haussant les épaules. Et puis une autre vague viendra…

– Te laisse pas abattre, ajouta Benji.

Marion tenta un triste sourire ; les sauveteurs avaient dû batailler pour obtenir cet emplacement sur la plage et, ce matin, il ne restait plus qu'un jeu de mikado. Bastien portait deux poutres pleines de clous. Il les posa un instant.

– Il paraît, dit-il d'un ton important, que c'est un morceau de banquise gros comme une montagne qui s'est détaché au pôle et qui a provoqué d'énormes vagues en s'écrasant dans l'eau ! Un sacré plouf !

– Papa pense que c'est une secousse sismique sur la dorsale... dit une jeune fille aux cheveux courts et à l'accent américain. Son père, Noah, était un océanographe reconnu dans le monde entier.

– À mon avis, ça pourrait aussi venir du Gouf de Capbreton ! lança un grand type avec des boutons sur le visage.

– Du... quoi ? demanda Arthur.

– C'est une énorme vallée sous-marine qui commence tout près de la plage.

– En attendant, lança Benji, Arthur, lui, l'avait prévu...

– Comment ça, « prévu » ? questionna Bastien soupçonneux.

Pendant la conversation, Bastien et quelques amis s'étaient rapprochés. Parmi eux, Arthur remarqua tout de suite une fille : derrière la mèche de cheveux qui balayait son visage, elle ne le regardait pas comme les autres.

– Allez, vas-y, explique-leur, disait Benji, poussant Arthur du coude ; mais celui-ci fit non de la tête et baissa les yeux.

Alors son cousin leur raconta comment il avait rêvé de ces vagues au beau milieu de la nuit.

Tout le temps où Benji parlait, Arthur regardait le sable, mais il sentait peser sur lui le regard de cette fille mystérieuse aux cheveux en désordre et

aux yeux de braise. Plus tard, Marion les présenta l'un à l'autre :

– Arthur, je te présente Zoé, ma petite sœur… Elle n'a pas l'air comme ça, mais dans les vagues, sur son Morey, c'est une vraie terreur !

– Eh, la championne c'est toi ! répliqua Zoé avec un sourire complice.

Marion se tourna vers Arthur tandis que Benji plaisantait avec les amis de Bastien.

– Tu vois, ajouta Marion, Zoé c'est la rebelle de la famille et moi je suis la grande sœur bien rangée…

Et à propos de ranger, je crois que je vais continuer le ramassage…

Marion repartit vers les autres, les laissant seuls.

C'était un instant curieux, ils ne se connaissaient pas, mais quelque chose de fort semblait passer entre eux. Zoé saisit l'occasion et, avec un naturel désarmant, lui proposa :

– Tu viens ?

Arthur n'eut pas besoin de réfléchir, ni de répondre, il se mit spontanément en route à son côté et ils descendirent ensemble vers la grève, enjambant des souches et des branches roulées par les vagues.

– Dis, c'est vrai que tu as fait ce rêve ? demanda-t-elle d'emblée, en fronçant le bout du nez.

– Ben oui c'est vrai, répondit Arthur, mais j'aime pas trop parler de ces choses-là…

– Je te comprends, remarque… Dès que les gens trouvent une chose bizarre, ils commencent à se moquer, pas vrai ?

Arthur s'arrêta un instant pour la regarder ; elle devait avoir beaucoup contemplé la mer et le soleil, des taches de rousseur parsemaient les ailes de son nez et il y avait dans ses yeux une intensité qui donnait la chair de poule. Une phrase lui traversa l'esprit : « Mais d'où vient-elle, celle-là ? »

Zoé n'insista pas pour en savoir plus sur ce rêve, paraissant comprendre Arthur au quart de tour. Une force presque dérangeante émanait de son regard, et ce n'était pas son strabisme qui la faisait très légèrement loucher lorsqu'elle vous fixait droit dans les yeux, non, c'était autre chose qui bouillonnait derrière l'éclat de ses yeux verts. Du coup, sentant qu'il pouvait lui faire confiance, Arthur lui raconta son rêve en détail.

– C'est génial, souffla Zoé émerveillée lorsqu'il eut fini, tu as de la chance, tu sais. Moi j'ai toujours eu envie de faire des rêves qui prévoient le futur…

– Des rêves prémonitoires, précisa Arthur.

Ils descendaient côte à côte vers la mer, tels deux aimants attirés par le même pôle magnétique. Un lien les unissait déjà, qui s'était établi à leur insu, dans un élan qui ne leur ressemblait pas. Du premier coup d'œil, chacun avait reconnu dans l'autre un être solitaire qui portait en lui tout un univers.

– Pourquoi Marion a-t-elle dit que tu étais une terreur dans les vagues ? demanda-t-il.

– Oh, elle exagère toujours un peu, mais disons que j'aime bien surfer, même quand les vagues sont un peu grosses et qu'il n'y a pas trop de monde à l'eau.

– Et tu n'as pas peur ?

– Euh, en fait, non, pas trop, répondit Zoé avec un sourire, il paraît même que c'est un problème… Ça énerve parfois les garçons qui trouvent que je prends des risques et que je me mets en danger, mais souvent ce sont les mêmes qui restent sur la plage ! Bien sûr, deux ou trois fois je me suis fait un peu peur, mais j'aime tellement ça…

– Moi je ne connais que la Méditerranée, enchaîna Arthur, alors tu parles, je n'imagine même pas ce qu'on doit ressentir dans les grosses vagues !

– C'est grandiose… souffla Zoé, le regard perdu dans l'azur, puis elle reprit, bouillonnante de passion : C'est carrément énorme de se trouver en train de foncer à toute allure parmi des montagnes liquides en mouvement. À un moment, tu es tout en haut sur la crête, face au vide, et le moment d'après, tu t'engouffres tête baissée au fond d'une vallée verticale d'où on ne voit presque plus le ciel. Et tout ça remue, grossit, gronde et s'arrondit… Ah, j'adore être ballottée comme un bouchon, on monte, on descend, et dans ces moments-là, l'océan est *tellement vivant,* Arthur, tellement vivant ! Je ne sais pas si tu peux comprendre…

Les yeux de Zoé scintillaient lorsqu'elle prononça ces dernières phases.

Ils marchaient d'un bon pas vers le nord et, sans s'en rendre compte, s'étaient bien éloignés du club de sauvetage. Les vagues déferlaient avec régularité, créant un vacarme enivrant ; Arthur et Zoé évoluaient dans leur bulle. La magie de ces plages infinies les envoûtait. Tandis qu'ils enjambaient des bouts de bois et d'algues, Zoé ramassa un objet blanc de forme oblongue.

– Regarde, un os de seiche. Tu vois, avec sa forme parfaite, on dirait une planche de surf !

Arthur le prit entre les mains pour l'admirer de près, essayant d'imaginer la seiche vivante, mais son esprit était ailleurs.

– À ton avis, Zoé, que s'est-il passé cette nuit ? demanda-t-il en désignant la plage jonchée de débris.

– Franchement, je ne sais pas, Arthur.

Troublée, elle le regarda intensément :

– J'ai entendu tellement de choses depuis ce matin… Mon père dit que c'est peut-être une vague scélérate, tu sais, ces vagues qui deviennent trois ou quatre fois plus grosses que les autres. Mais je n'y crois pas trop. On n'a jamais vu une chose pareille…

– Tu viens ici tous les étés ? demanda-t-il.

Elle le regarda en riant.

– Mais je suis née ici, Arthur ! Mes parents ont une maison pas loin de chez Benji. J'ai toujours connu ces plages, c'est pour cela aussi que je souffre tellement de les voir massacrées. Mon père connaît Hossegor depuis les années 1960 et il n'arrête pas de répéter que la mer monte, qu'il faut agir. Mais tout le monde reste sourd et aveugle. C'est quand même dingue, non ?

– Peut-être que les vagues de cette nuit feront réfléchir les gens ? dit Arthur pour la consoler en montrant la plage.

Zoé haussa les épaules. En l'observant, fraîche et mutine, sportive et brunie par le soleil, Arthur se sentit fondre. Ils cheminèrent côte à côte un moment sans rien dire, observant les mille et un objets, bois flottés, coquillages, épars sur la grève. Avec la marée descendante, des mares d'eau plus ou moins profondes s'étaient formées ici et là, les fameuses « baïnes ». La jeune fille expliqua à son nouvel ami comment ces cuvettes, une fois recouvertes par la marée, deviennent des pièges pour les nageurs, à cause des violents courants qu'elles provoquent. Soudain son attention fut attirée par une autre baïne, un peu plus au nord. On distinguait des remous à la surface.

– Regarde ! On dirait qu'il y a un poisson prisonnier dedans ! lança-t-elle. Viens, on va voir !

Elle se mit à courir, suivie d'Arthur.

En effet, quelque chose s'agitait là-bas. En s'approchant, ils virent qu'il s'agissait d'un gros animal partiellement échoué.

– Un marsouin ! cria Zoé. C'est un marsouin !

– C'est un dauphin ? demanda Arthur le cœur battant.

– Non, pas tout à fait. Le pauvre, il a dû être jeté sur la plage par les vagues et maintenant il se retrouve coincé par la marée !

Le marsouin était couché sur le flanc dans quelques centimètres d'eau, la peau desséchée et craquelée par endroits. Son évent s'ouvrait et se refermait au rythme de sa respiration sifflante et laborieuse. Le petit cétacé bleu-noir s'agitait par soubresauts pour essayer de retourner vers la mer, distante de quelques mètres seulement.

– Si on le laisse là, il va sûrement mourir, affirma Zoé d'un ton grave, s'accroupissant près de l'animal.

Elle n'osait pas le toucher.

Arthur se tourna vers le groupe d'amis lointains, là-bas, dans le flou de la distance. Devinant ses intentions, Zoé réagit tout de suite, avant même qu'il pose la question.

– Non, Arthur, on ne va chercher personne. C'est *notre* affaire. On s'en occupe *maintenant* et *tous les deux*.

Elle avait mis une telle insistance dans ces mots, qu'Arthur fut subjugué, soudain prêt à tout avec elle.

– Qu'est-ce qu'on fait ? On attend que la marée monte ? On creuse un chenal ?

– Non, non, répondit Zoé absorbée, regarde comme sa peau est déjà desséchée. On ne peut plus attendre.

Tout en disant cela, elle aspergea le marsouin avec de l'eau de la baïne.

– Aide-moi…

Arthur s'accroupit à son tour. Au passage il capta l'attention du cétacé ; l'œil suivait ses mouvements. Le marsouin l'observait. Que pensait-il ? Arthur se mit à l'asperger à son tour et il lui sembla qu'il respirait mieux.

– Il doit être lourd, non ? demanda-t-il.

– Je sais ce qu'on va faire, lança Zoé qui venait d'avoir une idée lumineuse.

– Tu crois qu'on peut le tirer par les nageoires ?

– Surtout pas ! Elles sont très fragiles.

En parlant, elle avait retiré sa veste coupe-vent et l'étalait sur la grève, tout contre le marsouin.

– On va le faire basculer sur ma veste et elle nous servira de civière…

– Tu ne crois pas qu'il est trop lourd ?

– On va le tirer, comme sur une luge.

Zoé montrait un véritable esprit de décision ; doucement, elle tendit la main vers le dos du cétacé.

– Mets ta main là, ordonna-t-elle à Arthur en lui précisant de maintenir le flanc pour éviter qu'il ne bascule d'un coup.

Tous deux posèrent la main sur le marsouin ; pendant une fraction de seconde, une communication particulière s'établit entre ces trois êtres reliés par la même solidarité. Le cétacé semblait parfaitement comprendre ce qu'ils faisaient. Sa peau soyeuse était vivante, vibrante, sa peau leur parlait… Elle leur parlait des vagues et des poissons, des vastes tribus de cétacés qui chassent ensemble, de migrations interminables au milieu des tempêtes…

– Tu es prêt ?

D'un geste sûr, Zoé ramena l'animal sur le ventre, dans sa position normale. Arthur l'avait retenu pour éviter qu'il ne soit bousculé. Ce contact doux et tiède, palpitant, lui fit beaucoup d'effet. Il caressait un marsouin ! Jamais il n'aurait osé rêver d'une chose pareille.

Une fois d'aplomb, le marsouin sembla plus à l'aise ; il fallut encore tirer un pan de la veste sous lui, de l'autre côté, mais il se retrouva bientôt installé sur la veste en Nylon de Zoé. La mer n'était qu'à quelques pas.

– On prend chacun un coin de chaque côté et on soulève en tirant, juste assez pour avancer d'un pas en le traînant sur le sable. Il faut y aller lentement, Arthur : pas de gestes brusques et surtout fais attention, ne lâche pas !

Pas de doute, cette fille avait du cran et des idées. Arthur suivit ses indications ; en rythme et en douceur, ils réussirent à faire progresser le cétacé vers la mer. Un pas après l'autre, en le traînant sur la veste et la grève humide, ils finirent par le haler jusqu'à l'eau. Ils laissaient derrière eux des traces ressemblant à celles des tortues géantes venues pondre leurs œufs dans le sable. L'enjeu était la vie de ce marsouin, qui se laissait tirer sur la grève avec docilité. Une ou deux fois il poussa des couinements évoquant la joie. Lorsqu'ils furent proches de l'eau, ils marquèrent une pause ; Zoé se dressa pour observer les vagues.

– Il faut bien choisir le moment, pour qu'il puisse repartir avec une vague…

Elle resta debout, les yeux rivés sur les déferlements.

En regardant dans la même direction, Arthur ne vit rien d'autre qu'un champ tumultueux de vagues désordonnées.

– On va y aller à la fin d'une série de trois vagues. On attendra que la vague monte sur le sable, on se

laisse un peu mouiller et au moment où elle se retire, on le lâche en douceur. D'accord ?

– D'accord, souffla Arthur, toujours subjugué par son autorité naturelle.

– Tiens, regarde, dit-elle en désignant une vague qui s'apprêtait à déferler à une centaine de mètres. Voilà le début d'une série.

Effectivement, pour la première fois, Arthur discerna des lignes parallèles se suivant au ralenti. La première déferla d'un coup sur toute sa longueur.

– Ça ferme, comme on dit en surf, expliqua Zoé, désignant ces barres liquides et cylindriques se refermant sur elles-mêmes sans laisser la moindre ouverture.

À leurs pieds, le marsouin semblait s'impatienter, maintenant qu'il sentait sur sa peau l'humidité de la grève gorgée d'eau. Les vagues montaient de plus en plus haut, arrosant leurs pieds nus et le bas de leurs pantalons, mais ils ne s'en souciaient guère, n'ayant d'yeux que pour le marsouin. Zoé continua de guetter le bon moment puis s'agita.

– Voilà la troisième, Arthur. Tiens-toi prêt…

Arthur s'arc-bouta sur ses jambes pour être plus stable, serrant les pans de la veste alors que la vague les éclaboussait de la tête aux pieds.

– Attends ! cria Zoé en retenant toujours le marsouin.

Puis, au moment où la vague se retirait, elle lança :
– Go !

Il y eut une excellente synchronisation : Arthur et Zoé propulsèrent le cétacé avec un ensemble parfait ; du coup le marsouin bondit dans l'air tel un obus, avant de plonger tête la première dans le ressac qui l'aspira vers le large. Il bondit de joie pour les saluer une dernière fois et disparut sous la vague suivante. Il était sauvé ! À terre il n'était qu'une épave agonisante, le corps écrasé par la pesanteur, mais en retrouvant son élément, le marsouin redevenait libre, léger et acrobatique.

Ils étaient heureux de l'avoir sauvé. Dans un élan commun, ils se jetèrent l'un contre l'autre, sans se soucier d'être mouillés, de se connaître à peine, se serrant dans les bras comme s'ils venaient de gagner la coupe du monde à eux tout seuls !

– C'est génial ! criait Zoé tout heureuse.

Ses vêtements étaient glacés, mais elle avait les joues en feu. Comme elle était belle, laissant ainsi éclater sa joie face aux dieux de l'océan ! Leurs visages étaient proches, ils se comprenaient si bien qu'ils se sentaient pousser des ailes capables de les emporter au-dessus du monde…

Une question fusa dans l'esprit d'Arthur : serait-ce l'amour ? Cette sensation bizarre qui vous envahit et vous fait planer à mille lieues, loin de tout, cette ivresse vertigineuse ? Arthur faillit hurler de bonheur, mais n'osa pas. Il était en train de vivre un moment inoubliable !

Une nouvelle vague surgit, plus forte, les obligeant

à courir vers le haut de la grève. Ils continuaient à fixer l'endroit où le marsouin avait disparu, espérant le revoir.

– Il a dû filer vers le large, dit Zoé pour se consoler. Les rouleaux du bord sont dangereux pour lui…

– On n'a même pas eu le temps de lui dire au revoir. Ah, quand je vais raconter ça à Benji, il va…

Arthur n'eut pas le temps d'achever sa phrase, car Zoé se tourna vers lui en le fixant dans les yeux. Ce regard décalé, profond et fantasque, lui donnait envie de se livrer, de ne rien lui cacher.

– Écoute, souffla Zoé, j'ai une idée : ce qu'on vient de vivre toi et moi avec le marsouin, eh bien on pourrait dire que c'est notre secret à tous les deux, qu'est-ce que tu en penses ? Ce moment magique n'appartient qu'à nous. On n'en parle à personne d'autre, tu veux bien ?

– Euh, bon, c'est d'accord, mais pourquoi exactement ?

Arthur la regardait, intrigué.

– Parce qu'un secret c'est un lien très fort, banane !

Zoé éclata de rire. Puis elle se mit à courir sur la plage et le défia :

– Je parie que tu n'arrives pas à me rattraper !

Arthur crut qu'elle plaisantait, mais elle courait déjà telle une gazelle. Au début il trottait dans son sillage en l'appelant, mais Zoé traçait vers le sud, le long de la grève. Il n'eut d'autre choix que de se mettre à courir, d'abord sans forcer, puis, se prenant au jeu, en essayant de la rattraper. Au bout d'un moment, elle s'arrêta pour l'attendre. Ils se retrouvèrent face à face, essoufflés, Zoé riant de toutes ses dents de nacre ; Arthur rit avec elle jusqu'à ce qu'ils en aient mal au ventre. Elle était si belle, sauvage, en harmonie avec l'océan tumultueux... Au moment où il allait lui dire quelque chose, elle eut un geste étonnant ; posant son index sur les lèvres d'Arthur, elle murmura, tendre et joueuse à la fois :

– Chht, Arthur ! Ne dis rien... N'oublie pas notre secret !

3
Ne tourne jamais le dos à la mer

Lorsque Arthur prit le chemin du retour en compagnie de Benji, celui-ci attaqua dans le vif du sujet :
– Eh ben dis donc, tu ne perds pas de temps, toi ! C'est le coup de foudre avec Zoé, ou quoi ?
– Mais non, du calme, Ben ! dit Arthur les sourcils froncés. C'est juste qu'on s'est lancés dans de grandes discussions et on n'a pas vu le temps passer…
– C'est bien ce que je disais, ironisa Benji. Et pourquoi tu es trempé des pieds à la tête ?
– On était au bord de l'eau, on s'est fait tremper par une vague, c'est tout !

Arthur était encore tourneboulé par ce qu'il avait vécu avec Zoé.
– Elle est un peu bizarre, ton histoire, répondit Benji qui avait de l'intuition. On était tous un peu étonnés de vous voir partir vers le nord. Surtout Bastien.

– Ah ?
– Oui, Bastien est fondu de Zoé, mais elle l'envoie bouler. Et pourtant il revient à la charge. Alors te voir arriver du jour au lendemain et partir avec elle, ça l'a un peu énervé ; c'est un gros jaloux...
– La jalousie est un signe de bêtise, souffla Arthur.
– Marion elle-même disait que sa sœur a peu d'amis, c'est une sauvage et toi tu te pointes...

Benji laissa sa phrase en suspens.

Arthur ne répondit pas, mais cette dernière information lui fit grand plaisir. Il sentait bien que Zoé était farouche, qu'elle ne se laissait pas facilement apprivoiser et qu'un lien spécial les unissait.

– T'as du bol... laissa échapper Benji qui marchait en regardant par terre. Tu viens à peine d'arriver et tu as déjà une touche avec une fille... C'est pas à moi que ça arriverait.
– Qu'est-ce que tu veux dire, Ben ?
– Tu m'as vu en maillot de bain, Arthur ?
– Quoi ?
– Tous ces kilos en trop que je trimbale, souffla Benji touché dans ce qu'il avait de plus intime. À Paris, ça peut encore passer, je sais m'habiller. Mais ici, laisse tomber. Franchement, j'ai l'impression d'être le seul mal foutu de la bande. Regarde Bastien ou Flapy, t'as vu leurs épaules et leurs abdos ? Et même toi t'as des épaules et le ventre plat...

– Plutôt creux, dirait ma mère, lança Arthur pour égayer l'atmosphère.

Mais Benji ne l'entendit même pas, tout à sa déception.

– Aucune fille ne me regarde, elles n'aiment pas ça, les gros.

– Arrête de dire ça, Ben. Et puis je t'ai vu dans les vagues, tu assures comme les autres !

– Oui, une fois dans l'eau, le poids ne compte plus. On est en apesanteur. Mais de retour sur la plage, crois-moi, c'est une autre histoire… Toi, au moins, tu es mince.

– Et pourtant je mange plus que toi !

– C'est injuste, hein ? soupira Benji. Au fait, quelle heure est-il ?

– Je n'ai pas de montre.

– Ça fait un bon moment qu'on est partis en tout cas ; on risque de se faire sonner les cloches par Barb la barbe !

C'est ainsi que Benji appelait parfois l'agaçante compagne de son père, « Barb la barbe ».

Avant même d'arriver au Ranch, les garçons entendirent les glapissements surexcités de Barbara. Lorsqu'ils rentrèrent, elle semblait en crise avec Joël, après avoir vu les pompiers, la route, les voitures ensevelies, les maisons du front de mer abîmées.

– Et demain ce sera nous ! criait-elle. Eh bien non merci. Je n'ai aucune envie de me retrouver en chemise de nuit au milieu des décombres !

Voilà tout ce qui semblait importer à cette femme apprêtée : son apparence. Elle insistait, accrochant le bras de Joël :

– Écoute, on n'a qu'à rentrer sur Paris ! Si tu veux, on peut même aller quelques jours en Dordogne chez ton ami Léonard ?

– Non, Barbara, répondit Joël avec calme, pour l'instant je préfère rester ici. C'est ma maison. Je dois faire face. De toute façon les risques que de telles vagues se reproduisent avant des siècles sont quasi inexistants ! affirma Joël qui n'en savait rien – et qui, d'ailleurs, se trompait.

– *Quasi*... répéta Babara pas rassurée du tout. Et s'il y avait un tsunami ? ajouta-t-elle confuse.

– Je te l'ai déjà expliqué : un tsunami n'a rien à voir, il est provoqué par un tremblement de terre sous-marin. On le saurait par les sismographes.

Mais ces explications ne faisaient qu'inquiéter un peu plus Barbara la citadine. Lorsqu'elle vit apparaître les garçons, son sang ne fit qu'un tour et elle canalisa sa mauvaise humeur sur eux :

– Ah, vous voilà, vous deux ! Mais où étiez-vous passés, enfin ? Vous n'avez même pas pris votre petit déjeuner ! Ça ne se fait pas de partir des heures sans prévenir personne... On était inquiets ! Avec tout ce qui s'est passé !

Barbara paraissait plus effrayée qu'en colère.

– On ne savait pas qu'on allait rester si longtemps, expliqua Benji. On a d'abord vu les pompiers, la route pleine de sable, et puis on a été voir Marion au club de sauvetage. Tout est cassé, là-bas.

– Joël, ces enfants sont complètement inconscients du danger, reprit Barbara.

Puis, d'un ton accusateur elle s'adressa à Arthur :

– Et toi, pourquoi es-tu tout trempé comme ça ?

– Je... Je suis allé trop près de l'eau...

Pour détendre l'atmosphère, Benji s'adressa à son père.

– Tu sais quoi, p'pa ? Arthur a fait un rêve cette nuit : il a vu les vagues qui passaient par-dessus la dune.

Les regards se tournèrent vers Arthur, qui aurait voulu disparaître de la pièce.

— Tu as vraiment rêvé ça ? demanda Barbara d'une voix aiguë.

Arthur ne put que hocher la tête.

— Ah ? Eh bien merci de nous porter la poisse ! ne put-elle s'empêcher de lâcher avec un geste agressif.

— Barbara ! Tu ne sais plus ce que tu dis, chérie, ce n'est tout de même pas sa faute ! protesta Joël embarrassé, tandis qu'Arthur, blessé, montait vers sa chambre sans rien ajouter.

Se tournant vers son fils, il lui demanda :

— Ben, va t'occuper de ton copain...

Benji ne se le fit pas dire deux fois et grimpa les escaliers derrière Arthur. Il le retrouva dans sa chambre, assis sur le bord du lit, les yeux baissés.

— N'écoute pas ce qu'elle dit, Arthur, cette femme n'a pas de cœur !

— Mais elle a peut-être raison, répondit-il d'une petite voix.

— Qu'est-ce que tu veux dire ?

— Quand mon père est mort...

Arthur avait du mal à finir sa phrase.

— Eh bien quoi ? insista Benji.

— La veille on s'était disputés ; je lui avais dit des gros mots. Alors on s'est quittés fâchés.

— Mais enfin, on ne reste pas fâché toute sa vie pour des gros mots ! Et tu ne crois quand même pas que ton père est mort parce que vous vous êtes disputés la veille, non ? À ce compte-là, tout le monde serait déjà mort sur Terre !

Benji se mit à rigoler.

L'idée fit naître un sourire sur les lèvres d'Arthur qui, en réalité, était bien plus troublé par sa rencontre avec Zoé et le marsouin que par les remarques stupides et blessantes de Barbara.

– Je suis désolé pour cette histoire avec ta belle-mère… commença Arthur.

– Ce n'est pas à toi d'être désolé, mon pote, soupira Benji. Ils se disputent tout le temps de toute façon ; je ne sais pas comment mon père supporte ça ; par moments, elle est carrément hystérique. Si seulement elle pouvait juste rentrer sur Paris et nous laisser tranquilles ! Mon père est bien plus cool quand elle n'est pas là.

– Elle a l'air d'avoir tout le temps peur…

– Oui. Barbara a peur de tout, répondit Benji. Une souris, une araignée, et ça y est, la voilà qui pousse des cris !

– Qui sait ? demanda Arthur, avec les vagues elle a peut-être raison d'avoir peur ?

– Oh ! Tu ne vas pas t'y mettre toi aussi ? Écoute, on va se faire une bonne session de surf après le déjeuner. Le club va s'entraîner à Capbreton.

– En Bretagne ?

– Mais non, Capbreton c'est la plage d'à côté !

Marion a proposé qu'on les accompagne ; ça te dit ?
– Euh…
– Oui, Zoé sera là aussi, si tu veux savoir…

Arthur rougit et en voulut à son ami d'insister.

– Ce n'est même pas ce que j'allais dire… Mais je ne sais pas surfer, moi !
– T'inquiète, on s'occupera de toi. Et puis Capbreton, ce sont des plages de repli quand les vagues deviennent trop grosses à Hossegor ou Seignosse ; c'est un bon coin pour les débutants. La houle y est moins forte et les vagues plus petites.
– Et pourquoi ? demanda Arthur curieux.
– Il paraît que c'est à cause des digues, ou alors à cause du Gouf.
– Le fameux Gouf ?
– Quand la houle arrive dessus, sa force est absorbée dedans…

Le père de Benji vint leur rendre visite. Il fut heureux de les entendre parler du Gouf et se mêla à leur conversation :

– Dans le temps, les bateaux venaient s'abriter au-dessus du Gouf pendant les tempêtes, car sa profondeur apaise les vagues.

Joël se tourna vers Arthur :

– Tu te rends compte que ce fameux Gouf est bien plus vaste que le Grand Canyon du Colorado ? C'est une large vallée sous-marine qui commence tout près du bord. Il paraît même que c'est le canyon marin le plus profond du monde…

— C'est possible, papa, répliqua Benji, le seul problème c'est qu'on ne le voit pas du bord !

Joël haussa les épaules et changea de sujet. Un peu mal à l'aise, il posa sa main sur l'épaule d'Arthur :

— Pour tout à l'heure, excuse Barbara, c'est une froussarde et quand elle a peur, elle perd un peu les pédales. Je suis vraiment content que tu sois ici avec nous.

— Ce n'est pas grave, répondit-il d'une petite voix.

— Je crois que je vais l'emmener dans un bon petit restaurant à midi pour la calmer, continua Joël... Benji, je compte sur toi pour vous faire à manger ; il y a tout ce qu'il faut dans la cuisine. À propos, vous avez vu Pépète, ce matin ? Elle n'a pas touché à sa gamelle ; ce n'est pas son genre. Et les chiots sont affamés, ils réclament leur mère.

— C'est vrai, reprit Benji, je ne l'ai pas vue et je pensais qu'elle viendrait se promener avec nous ce matin.

— Elle doit être partie en balade au fond du lac, elle va sûrement revenir épuisée et boueuse...

— Nous, cet après-midi, annonça Benji à son père, on aimerait aller s'entraîner à Capbreton avec le club de sauvetage.

— Je croyais qu'ils avaient eu des dégâts ?

— Oui, mais ils ne veulent pas se laisser abattre. L'entraînement doit continuer !

– Bon. Avec Marion, Flapy et Bastien, vous êtes en de bonnes mains, mais n'oublie pas qu'Arthur n'a pas l'habitude des vagues…

Certes, Arthur n'avait pas l'habitude des vagues, mais il apprenait vite ! Il n'était pas arrivé dans les Landes depuis vingt-quatre heures qu'il avait déjà vécu des moments exaltants. Les deux cousins se trouvaient à présent dans les vagues de Capbreton, en effet moins grosses que celles d'Hossegor. La plage, située au sud du front de mer, près d'un épi rocheux, portait un joli nom, Santosha, du nom d'une île de l'océan Indien, mythique pour les surfeurs.

Comme tout le monde, Arthur et Benji avaient participé à l'échauffement sur la plage. Ensuite chacun était parti à l'assaut des vagues à sa façon. Arthur sentait bien que Bastien ne l'aimait pas, mais il ne laissa pas cette impression gâcher son plaisir. Bastien utilisait une planche de surf bariolée, tandis que Marion et Flapy encadraient une équipe de gamins dans les douze ans, tous vêtus du Lycra rouge des sauveteurs côtiers. Chacun portait son paddleboard, une planche de sauvetage légère, proportionnelle à sa taille. Marion les conseillait et les encourageait. De leur côté, Zoé, Benji et Arthur étaient chaussés de palmes et munis d'une planche de body, aussi appelée Morey.

Au début, Arthur se trouva plutôt encombré et maladroit, palmes aux pieds, la planche sous le

bras, avec ce bracelet de Velcro autour du poignet et l'attache le reliant au Morey mais, au fond, il était heureux et ému. Enfin il se retrouvait sur ces plages que Kevin, son père, avait tant aimées, ces lieux dont il avait si souvent entendu parler…

Alors que Kevin était adolescent, il avait fait à Hossegor une rencontre qui allait changer sa vie : Bud, l'Homme des vagues, un Australien solitaire qui venait souvent en aide aux nageurs. Ils avaient partagé bien des choses ensemble mais à présent, tous deux avaient disparu.

En pénétrant dans l'eau à la suite de son cousin et de Zoé, Arthur songea que son père serait fier de le voir sur ses traces, aux côtés de passionnés. Devant lui, Benji se mit à courir en direction des vagues. Peut-être son cousin avait-il quelques kilos de trop, songea Arthur, mais dès qu'il touchait l'eau, il devenait aussi souple qu'un phoque et son énergie décuplait.

Dans un premier temps, Arthur était supposé se limiter à une zone intermédiaire, avec des vagues plus faciles. Zoé demeura près de lui le temps de lui prodiguer quelques conseils. Bastien, qui s'en allait surfer avec deux amis, se tourna vers eux et lança :

– Amusez-vous bien, les Biscottes !

C'était le surnom moqueur et supérieur donné par les surfeurs aux Morey, ces planches courtes et faciles à manier dont la forme évoquait une biscotte.

– T'inquiète pas pour nous, Bastien ! rétorqua Zoé moqueuse. On fera le compte des tubes en sortant de l'eau, toi et moi, d'accord monsieur le surfeur debout ?

Bastien haussa les épaules et se lança vers le large, la planche en avant. Il savait qu'elle avait raison.

– Allongé sur un Morey, expliqua Benji à son cousin, il est bien plus facile de pénétrer dans des tubes que debout ou accroupi sur une planche !

Arthur, qui avait vu des films de surf, savait que le « tube » était ce lieu mythique, le moment béni que recherche tout surfeur dans sa quête de la vague parfaite. L'instant de communion totale avec l'élément, où l'on glisse au cœur de la vague qui déferle et s'ourle sur elle-même, avant de ressortir sur le flanc de la caverne liquide.

Benji et Zoé restèrent quelques instants à proximité d'Arthur dans la mousse, pour le conseiller. Puis Benji s'éloigna. Dans l'eau, parmi les surfeurs, Zoé n'était plus la même ; Arthur eut l'impression que la complicité qui les avait liés en libérant le marsouin n'existait plus. La jeune fille était merveilleuse à regarder, bondissant tel un poisson dans l'eau, anticipant les vagues, plongeant sans faire d'éclaboussures, elle était une surfeuse-née ; chacun de ses mouvements la rendait plus belle et plus efficace sur sa planche.

L'appel de la houle étant le plus fort, Zoé finit par s'éloigner vers le large, franchissant la barre à son tour. Arthur aurait tant voulu l'accompagner.

Il ressentit un pincement au cœur : pour elle, l'appel des vagues semblait plus fort que tout le reste… Plus tard, il la regarda évoluer, glissant sur la mousse avec la légèreté d'une plume ; maîtrisant sa trajectoire, elle semblait complice avec chaque vague. La voilà qui filait vers lui dans l'écume ; elle lui offrit son beau sourire lumineux et passa si près qu'ils purent même se taper dans la main. En revenant près de lui, elle en profita pour le conseiller :

— Je t'ai observé, Arthur. Dans les vagues, il faut mettre la gomme au démarrage… Plus tu auras de vitesse, plus tu pourras maîtriser la trajectoire. Autre chose : essaye de palmer sans que tes palmes sortent de l'eau, c'est plus efficace et plus joli en même temps…

Puis elle repartit après l'avoir regardé droit dans les yeux, avec cet air souverain qui transperçait le cœur.

À nouveau seul, Arthur essaya d'appliquer ses directives, mais une vague l'envoya une fois de plus valdinguer dans la mousse. Il remonta bravement sur la planche, les yeux piquants de sel, et se remit à palmer comme Zoé le lui avait dit. Il commençait à savoir faire un « canard » en poussant sur le nez de la planche pour passer sous la vague qui surgit.

— Je vais te donner un truc : quand tu démarres sur la vague, ajouta sa délicieuse professeur, donne-toi à fond et lance-toi dans la pente *la tête en avant*, c'est un contrepoids qui te donnera de la vitesse…

Ce fut le moment où Bastien passa, royal, debout sur sa planche de surf après une longue vague :

– Alors, Zoé, tu en es à combien de tubes dans la mousse ?

– Tu ne perds rien pour attendre ! répondit-elle, énigmatique.

Quand Bastien eut disparu, elle se tourna vers Arthur.

– Tu ne connais pas encore mon côté « Sorcière bien-aimée », lui dit-elle en remuant le bout du nez comme dans la série télé. Tu vas voir ! Accroche-toi, Arthur, il se pourrait bien qu'il y ait de l'action…

Puis elle s'éloigna à son tour vers le large.

N'ayant pas encore assez d'expérience pour se lancer avec eux vers les imposants rouleaux de l'Atlantique, Arthur se retrouva seul dans la mousse, là où il avait à peu près pied. En voyant disparaître Zoé, il eut une folle envie de foncer la rejoindre, mais renonça, devinant qu'il risquait d'alerter ses nouveaux amis. Un peu plus loin, Marion et Flapy enseignaient les rudiments du bodysurf à de jeunes sauveteurs. Dans la tête d'Arthur, des images s'entrechoquaient au rythme des vagues qui se succédaient sans discontinuer.

De temps en temps, lorsqu'il sentait qu'il se trouvait au bon endroit, Arthur se lançait sur les barres blanches. La petite planche l'entraînait alors à vive allure et il s'amusait comme un fou. Puis il repartait, ballotté dans le tumulte liquide. C'est dans un tel instant qu'il crut apercevoir une silhouette massive tout près. Une présence rôdait autour de lui... Son cœur se mit à battre à toute vitesse. Dans cet univers chaotique, Arthur se sentait extrêmement vulnérable. Ses oreilles se mirent à siffler et d'un coup il crut entendre : « Arthur ! » Sa peur monta d'un cran. Qui était là, tournant autour de lui tel un prédateur ?

– Merci, Arthur !

Il sursauta et se mit à trembler. Il eut beau regarder autour de lui, il ne vit personne. Cette voix... C'était la même que la veille, avec son étrange accent ; elle semblait portée par l'eau elle-même, directement dans son cerveau :

– Merci pour lui !

– Comment ça : merci ? Et merci pour quoi, pour qui ? cria Arthur désemparé par ce mystère qui commençait à l'effrayer.

– Eh bien, merci pour mon petit frère le marsouin...

Lorsqu'il entendit cela, la première pensée d'Arthur fut que Zoé lui jouait un drôle de tour, mais c'était impossible, vu qu'elle surfait à cent cinquante mètres de là. Il se mit à frissonner. Personne d'autre n'était au courant pour le marsouin... Comment était-ce possible ? De qui s'agissait-il ?

– Monsieur ? lança Arthur.

Sa voix semblait happée, effacée par les grondements de la mer.

– Il y a quelqu'un ? Ses appels restèrent sans

réponse. Les vagues lui laissaient peu de répit, sa vision devenait floue. Il se cramponna à sa petite planche, sa « biscotte », sans plus savoir s'il flottait, planait ou dormait… Entre deux barres blanches la voix revint :

– Tu sais Arthur, ta copine Zoé, c'est une vraie petite fée. Une fée de la mer…

Arthur regarda autour de lui à s'en démettre le cou ; il n'y avait personne à portée de voix et il commençait à avoir vraiment peur :

– Monsieur ! Arrêtez ! Dites-moi où vous êtes ? Qui vous êtes ?

– N'aie pas peur, Arthur, je suis un ami de ton père…

– Quoi ? Comment ? Mais je ne vous vois pas ?!

– Tu ne peux pas me voir, mais tu peux m'entendre, c'est déjà pas mal, non ?

– Mais je…

Avant d'avoir fini sa phrase, Arthur se fit bousculer par une avalanche de mousse. Tandis qu'il tourbillonnait sous l'eau, il crut entendre la voix qui continuait à rire près de lui. Le rire résonna longtemps, puis la voix revint chuchoter à son oreille, avec son accent australien plein de soleil :

– On dirait que tu as oublié le vieux proverbe hawaiien : « *Ne tourne jamais le dos à la mer !* »

– Mais enfin, expliquez-moi ! Vous me faites peur ! Il y a un micro caché quelque part ?

– Mais non, mais non, ne crains rien, Arthur ! Je

te parle parce que tu peux m'entendre. Les autres ne peuvent pas m'entendre, mais toi tu le peux, parce que tu es le fils de Kevin…

— Mais comment savez-vous pour le marsouin ?

— Dans la mer, tout se sait, Arthur. Ce n'est pas comme à terre. Dans la mer il n'y a pas de secrets, car tout circule…

Comment pouvait-il entendre si clairement cet homme dans le tumulte ambiant ? Perturbé par la voix venue de nulle part, Arthur se laissa surprendre une fois de plus par une vague et fut à nouveau jeté de sa planche, avant d'être ballotté dans des torrents d'eau salée. Il émergea sans se laisser décourager, remonta sur son Morey et se hissa sur les bras pour observer la situation. Zoé lui fit signe de loin, là-bas sur les vagues. Benji venait d'en descendre une et repartait vers le large. Non loin, Marion et Flapy continuaient de superviser l'entraînement des jeunes sauveteurs. Marion lui adressa, elle aussi, un signe : tous l'avaient à l'œil. Il eut beau observer la surface, Arthur ne vit personne à proximité. Il commençait à se demander s'il perdait la raison, lorsque la voix reprit :

— Et n'oublie pas ce que t'a dit ta copine tout à l'heure…

— Mais quoi, enfin ? demanda Arthur énervé.

— Tu sais, son côté « Ma sorcière bien-aimée »… Elle a dit qu'il pourrait bien y avoir de l'action. Alors garde l'œil ouvert et le bon !

Des cris se firent entendre dans le lointain ; l'excitation monta parmi les surfeurs tandis qu'une rumeur s'élevait de la mer. Le cœur d'Arthur se mit à battre plus vite. La série ! Les vagues ! Déjà des surfeurs ramaient vigoureusement vers le large, montant et descendant sur des collines liquides grossissant à vue d'œil. En une fraction de seconde, le paysage s'était transformé. Des masses d'eau imposantes roulaient vers eux et Arthur se demandait quoi faire. Filer vers le large ? Il n'aurait pas le temps de passer les vagues et risquait de se trouver en plein dans la zone d'impact. Il n'eut guère le loisir de se poser de plus amples questions, car la série commençait à déferler là-bas. Quelques instants plus tard, des murailles de mousse déboulèrent sur lui à la vitesse d'un train express.

– Saute de ta planche ! Plonge sous la vague ! lança la voix.

Arthur ne se le fit pas dire deux fois et plongea directement de la planche sous l'eau, pour éviter le premier front d'avalanche liquide qui dévalait sur lui. Propulsé en tous sens, il se demanda comment sortir de là. À peine eut-il le temps de reprendre son souffle qu'une nouvelle barre écumante arrivait, le transformant en culbuto pirouettant sur lui-même. Lorsqu'il refit surface, il ne savait plus où il se trouvait, car il gesticulait dans la mousse sans rien voir, ni parvenir à trouver le moindre appui pour ses mouvements. Malgré ses battements de bras et de jambes, Arthur glissait sous la surface…

Jamais il ne s'était trouvé en pareille situation. Son corps tournoyait dans des tourbillons sans fin, des courants contraires se jouaient de lui comme d'un fétu de paille, il n'avait plus aucun contrôle et une sensation de vertige l'envahissait. Où était le haut ? Le bas ? La surface ? La peur grimpait, telle une araignée velue et glaciale. Son corps devenait lourd, devenait gourd. Le goût de l'eau s'insinuait partout, brûlant ses yeux et ses narines. Si une autre vague survenait à présent, Arthur n'aurait peut-être pas la force d'y faire face... Un début de

panique le gagna. Allait-il mourir noyé dans ces vagues que son père avait tant aimées ?

C'est alors qu'une présence glissa contre son flanc. Dans les bouillonnements, il crut discerner une silhouette noire et massive filant près de lui : le marsouin ! Puis plus rien. Avait-il rêvé ? Il aurait tant aimé être sauvé par un dauphin comme le poète Arion de la mythologie grecque, s'accrocher à son aileron jusqu'à la plage… Ce matin il avait aidé un marsouin à regagner la mer et à présent c'était lui qui avait besoin d'aide pour regagner la terre !

Au lieu de cela, le monde se dérobait sous lui ; Arthur était sur le point d'étouffer. Sa poitrine se soulevait, à la recherche d'air. L'océan était trop fort et il n'était plus qu'une poupée désarticulée à la merci des flots. D'ici quelques instants ce serait sans doute le noir, la fin... Dans un coin de son esprit, son calme face à une telle perspective l'étonna. Mais où étaient-ils donc tous passés ? Benji ? Zoé ? Marion ? Flapy ? Bastien ? Avaient-ils été balayés par les vagues, eux aussi ? Alors qu'il luttait pour regagner la surface, le cœur battant, se croyant perdu, la voix revint, enfin :

– Ne te laisse pas impressionner, Arthur ; tu n'es pas en danger ! Mais *surtout*, n'ouvre pas la bouche sous l'eau pour respirer !

Arthur émergea, rassuré par cette présence si proche. Une fois qu'il eut repris son souffle à l'air libre, il chercha des yeux le cétacé. Un marsouin qui parle ? Était-il en plein délire ?

– Mais non, c'est moi, l'ami de ton père...

La voix revenait.

– Et comment vous appelez-vous ? demanda Arthur essoufflé, criant pour se faire entendre.

– Bud, répondit-il simplement.

– *Bud ?* Mais... C'est impossible, enfin ! Bud est...

– Mort ? C'est ce que tu allais dire, Arthur ? Je t'avais bien dit que tu ne pouvais pas me voir... En attendant, si j'étais toi, je m'accrocherais à ma planche pour rentrer avec la prochaine vague ! Tu n'as qu'à imaginer que tu chevauches un marsouin !

Arthur savait qu'il fallait prêter attention à ce que disait cet homme. Sans réfléchir, il récupéra sa planche et s'y cramponna, juste à temps pour être propulsé en avant par la barre suivante, qui arriva telle une énorme gifle.

– *Accroche-toi !* ordonna la voix.

Arthur s'accrocha, malgré la violence de cette masse torrentielle qui l'emportait et semblait vouloir l'engloutir. Il s'efforça de ne pas lâcher les bords du Morey et de respirer un peu au milieu des embruns. Il fonçait dans l'éblouissante blancheur, cramponné à sa planche… Ou bien était-ce le marsouin venu le sauver ? Surtout, ne pas lâcher ; aveuglé par le sel, son corps rebondissant sur l'eau, Arthur agrippa ce qu'il croyait être l'aileron du cétacé. Il ne savait plus s'il devait rire ou pleurer…

Au bout de sa course folle, il se retrouva étalé sur le sable de la grève sans même savoir comment il était arrivé là. Sonné, il se releva titubant, palmes aux pieds, traînant derrière lui sa petite planche. Les jambes en coton et le cœur battant, il lui sembla que la plage tout entière tanguait. Quel bonheur de retrouver le bon vieux plancher des vaches ! Épuisé, il se laissa tomber un peu plus haut, sur le sable sec, pour reprendre son souffle, conscient qu'il venait de vivre quelque chose de très fort.

Là-bas, dans un mur liquide, Zoé s'approchait de la plage allongée sur sa planche de Morey, se livrant à de gracieuses acrobaties, jusqu'au moment où elle atterrit directement sur le bord avec la légèreté d'une danseuse. Elle vint droit sur lui.

– Alors, Arthur ! Ça va ? Pas trop secoué ? T'as bu la tasse ?

Zoé était là, en pleine forme, sautillante avec sa planche sous le bras, encore ruisselante et tout excitée des belles vagues qu'elle venait de dévaler.

– J'espère que ça n'a pas été trop dur pour toi ?

Puis elle se pencha vers lui avec un air de conspiratrice et souffla, un ton plus bas :

– Tu te souviens ? Je t'avais prévenu qu'il y aurait de l'action. Ça m'a permis de moucher Bastien et je lui ai piqué une vague : non seulement je l'ai doublé, mais en plus, je suis ressortie du tube pendant qu'il passait dans la machine à laver derrière moi !

Elle se mit à rire un grand coup. Devant le froncement de sourcils d'Arthur, elle précisa :

– La machine à laver, c'est comme ça qu'on appelle une vague creuse qui t'enferme et te roule dans tous les sens !

En l'écoutant, Arthur comprit que pour eux, de telles vagues étaient un jeu et non un danger. Il les enviait. Il se souvint alors de ce qu'avait dit la voix hier, lui prédisant qu'un jour il irait, lui aussi, chercher les vagues de l'autre côté de la barre…

– Tu ne dis rien ?

Zoé le regardait avec tendresse.

Il crut voir bouger le bout de son nez tandis qu'elle lui souriait.

– Ma « sorcière bien-aimée », répondit-il sans même se rendre compte de ce qu'il disait.

Prenant conscience que ses mots ressemblaient aussi à une déclaration d'amour, il se mit à bafouiller, ce qui la fit rire de plus belle. Alors il changea de sujet :

– Tu sais, j'ai cru voir le marsouin dans l'eau.

– « Notre » marsouin ?

– Oui. J'ai eu l'impression qu'il est passé tout près de moi dans une vague pour m'aider.

– Vraiment ?

Zoé ne savait trop comment réagir.

– Mon grand-père m'a souvent dit que, de son temps, des bancs entiers de marsouins jouaient ici dans les vagues. Aujourd'hui c'est rare d'en voir un seul, la plupart sont morts dans des filets de pêche…

Arthur n'osait pas parler à Zoé de la voix entendue dans les vagues ; cette fois elle l'aurait vraiment pris pour un dingue ! L'arrivée de Benji, échevelé, sa planche sous le bras, mit fin à leur conversation.

– Whaowh ! lança le jeune homme. Quelle série ! J'ai essayé de démarrer, mais je me suis pris une grosse claque ! Et toi, Zoé, j'ai vu que tu démarrais sur la même vague que Bastien, tu es gonflée quand même !

– Mais non, Ben ! J'avais priorité ; j'étais plus près du pic et je l'ai doublé…

– Oui, n'empêche qu'après, il a bien « mangé »…

– Et moi j'ai bien « tubé » ! conclut Zoé contente d'elle.

Intrigué, Arthur les écoutait, déchiffrant tant bien que mal leur étrange vocabulaire. *Le pic* : ce devait être l'endroit le plus haut de la vague ; *manger* : se casser la figure en beauté ; *tuber* : entrer et sortir du tube de la vague.

– Et toi, Arthur ? demanda Benji en le regardant.

– Eh bien, hésita-t-il, je crois que j'ai sérieusement « mangé » et j'ai eu l'impression de passer dans une énorme machine à laver !

– Je vois que ça rentre vite ! commenta Benji en l'écoutant.

Plus loin, Bastien remontait vers le haut de la plage sans les regarder ; il était vexé. Il n'aimait pas s'avouer battu par ce petit bout de femme qui semblait ne pas connaître la peur.

– C'est vraiment incroyable comme les vagues sont venues d'un seul coup, se remémora Benji.

Zoé se tourna vers Arthur et lui fit un clin d'œil avant de remuer le bout de son nez. Se pouvait-il qu'elle fût pour quelque chose dans l'apparition de ces vagues plus grosses que les autres ? Cette fille avait-elle vraiment des pouvoirs surnaturels ?

4
Hopupu

L'enthousiasme des garçons fut douché dès leur retour au Ranch. Arthur, la tête encore pleine de vagues et d'émotions fortes, fut durement rappelé à la réalité. Benji s'étonna que la chienne ne vienne pas les accueillir ; Barbara leur confirma que Pépète n'était toujours pas réapparue et que Joël tournait en voiture dans le quartier à sa recherche.

– En plus, les chiots n'arrêtent pas d'aboyer ! Ils réclament leur mère... Tout cela n'augure rien de bon, lança Barbara mal à l'aise.

S'il n'avait tenu qu'à elle, elle serait déjà loin d'ici. Après avoir évoqué Joël, elle ne put s'empêcher de lâcher à voix basse :

– Franchement, il y a des moments où je me demande s'il ne préfère pas son chien...

Arthur et Benji s'inquiétèrent : Pépète était une bonne mère, elle n'aurait jamais abandonné ses chiots pour aller vadrouiller, et puis ce n'était pas dans ses habitudes de disparaître. Que lui était-il donc arrivé ?

— Au fait, Arthur, ajouta Barbara d'un ton détaché, ta mère a appelé tout à l'heure.

— *Ma mère ?*

Arthur sursauta, étonné qu'elle l'ait appelé de Grèce, où elle se trouvait en voyage.

— Eh bien oui, elle a entendu parler des vagues de cette nuit à la radio et s'est inquiétée. C'est normal ! Mais ne t'en fais pas, je l'ai rassurée, je lui ai expliqué que tu t'amusais bien avec Benji... Elle m'a dit de te dire que tout allait bien de son côté et qu'elle t'embrasse...

Un fluide glacial coula dans ses veines, Arthur était terriblement déçu de n'avoir pu parler à sa mère qui se trouvait au loin et s'inquiétait tant pour lui... Il craignait que Barbara n'ait été désagréable avec elle à sa façon. Il se sentit tout d'un coup bien seul, malgré la présence de son cousin, dont l'attention semblait accaparée par la disparition de Pépète.

Joël rentra plus tard, soucieux, annonçant qu'il ne l'avait pas retrouvée et qu'il avait signalé son absence aux voisins ; tout le monde, dans le quartier, connaissait et appréciait Pépète. La soirée fut morose. Il fallut nourrir les chiots au biberon, ce qui était à la fois amusant et poignant, car ils cherchaient désespérément leur mère. Frétillants de vie, les chiots répandaient du lait un peu partout avec leur petite langue rose encore maladroite. Arthur préférait le gros noir et Benji le marron. Ils les appelèrent Riri, Fifi et Loulou, comme les célèbres neveux de Donald.

Barbara cherchait à entraîner Joël dans une autre pièce ; la radio locale répétait pour la vingtième fois que la nuit serait calme et qu'aucune vague n'était prévue. Elle n'était pas rassurée pour autant. Lorsque Benji et Arthur montèrent se coucher, Barbara lança :

– Et si tu rêves encore quelque chose comme hier, Arthur, tu me préviens, d'accord ?

– Euh… Et si je rêve de dragons ? demanda-t-il l'air innocent.

– Ah, eh bien…

Elle ne savait plus que dire et Joël se moqua gentiment d'elle.

– Allez, les garçons, filez au lit, j'ai comme l'impression que vous allez bien dormir !

Arthur avait beau être épuisé d'avoir nagé, il ne trouvait pas le sommeil. Dès qu'il fermait les yeux, il voyait s'élever des collines liquides sous ses paupières. Les vagues revenaient le hanter, toujours plus hautes, refusant de le laisser en paix. Son lit tanguait, telle une planche dans la houle, mais cette fois il n'avait plus peur. Comme Zoé, Arthur se sentait merveilleusement bien dans ce chaos moelleux et confortable. Les vagues devenaient ses complices de jeu et il les regardait arriver comme des amies, avec une excitation juvénile. Chaque vague murmurait son nom au passage, mais parmi elles, la voix de l'Homme des vagues toujours le guidait :

– Laisse-toi aller, Arthur. Le sommeil, c'est comme les vagues. Il faut y plonger corps et âme... S'y abandonner...

Épuisé, rassuré par la voix de Bud, Arthur finit par sombrer.

De ce sommeil sans rêves, Arthur émergea d'un coup, tel un bouchon jaillissant des profondeurs, sans plus savoir où il se trouvait. La première image qui lui vint à l'esprit en s'éveillant fut celle de son père. Il en parlait peu, mais Kevin lui manquait terriblement, surtout ici à Hossegor, où il avait vécu des moments si forts.

Si souvent son père lui avait parlé d'Hossegor, des plages sauvages, du bruit des vagues, de l'odeur du serpolet. Il lui avait maintes fois promis de l'emmener un jour, pour l'initier aux joies du surf... Le sort en avait décidé autrement et aujourd'hui Arthur se retrouvait enfin sur place, mais tout seul, obsédé par l'absence de son père.

Jusqu'à la mort brutale de Kevin, Arthur avait eu l'impression que ses parents seraient éternels, qu'il grandirait toujours entre eux. Et puis tout s'était arrêté d'un coup, un vendredi matin. Son père si doux, si compréhensif, qui lui avait appris à construire une cabane en branches de noisetier ou à nager le crawl, son père n'était plus là. Ni le soir, ni le matin, il ne le reverrait jamais. Il avait beau se souvenir clairement du moment où le cercueil était descendu en terre au cimetière, Arthur n'arrivait pas à se convaincre que son papa ne jouerait plus avec lui et ne le prendrait plus dans ses bras… Souvent il s'attendait à le voir surgir devant lui, comme s'il lui faisait une blague. Mais le visage de sa mère, crispé de douleur, confirmait à lui seul la réalité de cette disparition.

Au début, Laura avait fait face avec force et courage. Elle l'avait même emmené en voyage pour se changer les idées : tous deux étaient partis pour quinze jours de rêve, dans l'ouest du Canada, en Colombie britannique, où vivait la tante d'Arthur. Ce fut pour lui l'occasion de voir des aigles, des ours en liberté et des arbres plus larges que des éléphants. Cette petite expédition l'avait rapproché de sa mère, mais par la suite elle s'était repliée sur elle-même, jusqu'à devenir pâle et ridée. Si seulement ce voyage en Grèce pouvait lui redonner des couleurs…

Assis dans son lit, chaviré par la mélancolie, la réalité du jour lui revenait. Dehors flottait encore le petit matin brumeux, l'odeur des pins, la rumeur océane… Aucune vague géante n'était venue frapper les murs. Dans la maison silencieuse, tout le monde dormait. Arthur, lui, n'avait plus sommeil. Il s'habilla silencieusement, prit son petit sac et partit en exploration, pieds nus, s'efforçant de ne pas faire de bruit pour ne réveiller personne, se demandant si Pépète était enfin revenue. Un tour en bas lui apprit que la chienne était toujours absente : sa gamelle pleine de croquettes était demeurée intacte.

Au garage, il trouva les trois chiots agités et esseulés, couinant et grimpant au bord du panier à la recherche de leur mère. Arthur remplit un biberon et leur en donna à tour de rôle. Les chiots l'assaillaient, le léchaient, le mordillaient. Le préféré d'Arthur, Loulou, était le plus débrouillard. Lorsqu'il les eut nourris, Arthur repartit se promener dans la maison endormie. La disparition de Pépète l'intriguait et le tenaillait. Pourvu qu'il ne lui soit rien arrivé ! Pouvait-elle avoir été emportée par les vagues de la nuit ? Comment expliquer qu'elle délaisse ses petits, sa nourriture ?

Arthur s'efforça de penser à autre chose, jouissant du plaisir d'être le seul réveillé dans la maison. Tout, ici, fleurait bon la mer et les vacances. Les larges baies vitrées s'ouvraient sur les pins et le sable des dunes. Il entendit jacasser le geai bleu qui sautillait dans le jardin, tandis qu'un écureuil acrobate s'élançait de branche en branche, d'un arbre à l'autre. Il aurait tant aimé posséder une telle maison avec son père, partir de bon matin sur les plages, surfer, pêcher, plonger dans les vagues, marcher des heures sur la plage à la recherche de bois flottés…

Arthur soupira, refusant de s'apitoyer sur lui-même. Les souvenirs l'alourdissaient, aussi préférait-il songer aux perspectives futures. Quand Benji se réveillerait, ils iraient ensemble voir la mer. Rencontreraient-ils Zoé ? Arthur ne pouvait effacer ses yeux brillants de sa mémoire. À la fois sauvageonne et magicienne, cette fille ne ressemblait à aucune autre. Pouvait-elle vraiment avoir déclenché ces vagues rien qu'en remuant le bout de son nez ? La question lui parut si bête qu'il faillit éclater de rire.

Il y avait, dans un recoin du salon, face à la baie vitrée, un vieux canapé confortable où Benji s'installait pour bouquiner. L'endroit, paisible, était baigné de lumière. Arthur s'y lova, ouvrit son sac. Il en sortit un stylo et son cahier noir entouré d'un élastique. Depuis des années, Arthur adorait écrire. Les pages de ce cahier de moleskine constituaient son jardin secret. Réflexions, souvenirs, anecdotes, confidences aussi, Arthur y consignait ce qui lui passait par la tête. Il feuilleta des notes prises avant de partir pour Hossegor. Dans une colonne il avait inscrit des noms d'endroits dont son père lui avait parlé, se jurant de les explorer. Ces noms étaient chargés de mystère, imprégnés du passé de Kevin. Des noms de plages : *la Gravière, les Culs-Nus, la Centrale, la Sud,* ou des « spots » associés aux vagues, à de grands moments de surf dans la région, *la Nord, les Gardians, les Estagnots, les Bourdaines, Messanges…* Ou encore des lieux chargés d'histoires, *le front de mer, la place des Landais, le canal, le pont, le Tour du lac, l'avenue des Sables, des Tourterelles,* ou *la place des Fourmis…* Ces noms fleuraient bon les vacances et le mystère. Si Arthur avait été un chat, il se serait mis à ronronner tant il était bien, au creux du vieux canapé, à l'abri de cette chaleureuse maison, tandis que le jour se levait.

Une voix se fit alors entendre, provenant du fond de la cuisine. Reconnaissant Barbara, Arthur se figea, préférant l'éviter ; face à elle, il se sentait coupable d'être ici. Soulagé, il comprit qu'elle parlait au téléphone et se pelotonna pour se faire le plus discret possible ; de toute évidence elle ne l'avait pas remarqué.

Il voulait écrire quelques lignes sur Zoé et aussi sur la voix de Bud dans les vagues. L'avait-il réellement entendue ? Il s'apprêtait à prendre des notes sur les événements d'hier, mais n'y réussit pas, car des bribes de conversation téléphonique parvenaient à ses oreilles par la voix chuchotante de Barbara :

– ... Tu comprends, si c'est pour dormir avec la peur au ventre et l'impression qu'on va être inondés toutes les cinq minutes, non merci ! Tu te rends compte, Melinda, je n'ai pas fermé l'œil de la nuit, moi ! Je me demande même si je ne vais pas rentrer sur Paris. Et le pire, c'est que Joël a l'air complètement inconscient du danger...

Barbara parlait avec Melinda, sa meilleure amie, qui vivait à la capitale et travaillait dans la mode. Elle se déplaçait dans la cuisine et buvait quelque chose, concentrée sur sa conversation téléphonique, ignorant la présence d'Arthur.

– Je te le dis, je ne vais pas moisir ici. En plus, si c'est pour jouer les baby-sitters, tu parles de vacances !

Le sang d'Arthur se glaça dans ses veines et il retint sa respiration. Barbara continuait, baissant le ton, telle une conspiratrice. À cet instant, Arthur aurait dû se manifester, tousser ou se lever, mais il en était incapable ; pétrifié, il écouta malgré lui les mots cruels de Barbara :

– Moi qui pensais passer des vacances en amoureux avec Joël... Et en plus, Benji est venu avec son cousin, alors tu vois l'ambiance ! Il faut faire à manger pour quatre, etc. Quoi ? Qu'est-ce que tu dis ?... Non, non, c'est un gamin qui a perdu son père il y a deux ans... Oui, bien sûr c'est terrible. Mais en tout cas, je peux te dire que sa mère a l'air de très bien s'en remettre...

« N'écoute pas, Arthur ! » clamait une voix dans sa tête. Mais les oreilles n'ont pas de paupières et les mots de Barbara se plantèrent en lui telles des banderilles empoisonnées :

– Écoute, Melinda… Figure-toi que j'ai eu sa mère au téléphone hier ; elle est en Grèce sur une île et je peux te dire que ça va plutôt bien pour elle… Tu sais quoi ? Elle est partie là-bas seule avec son amoureux, *elle !*… Oui, eh bien je n'ai pas cette chance, *moi !*

Le reste de la conversation se perdit dans une bouillie de mots dénués de sens. Le monde tourbillonnait ; Arthur avait envie de vomir. Mortifié à l'idée d'être repéré par Barbara, cette horrible femme, il se fit tout petit, jusqu'à ce que la voix s'éloigne enfin, pour disparaître en direction de l'étage. Lorsqu'il fut certain qu'elle n'était plus dans les parages, Arthur se déplia, hébété, un désordre tumultueux régnant dans son esprit. Il avait bien entendu : sa mère était partie en Grèce avec son amoureux…

Arthur se leva tel un automate, prit son sac, ses chaussures, et sortit. Sans même ressentir la fraîcheur du matin, il enfourcha le vélo que lui avait prêté Benji. Arthur n'était plus lui-même, obéissant à une impulsion profonde, s'efforçant de ne pas crier ou pleurer. Son univers s'effondrait, la rumeur des vagues devenait menaçante. Il se mit à pédaler au hasard, passant du chemin de la maison à une route sinueuse en montagnes russes, bordée de villas tranquilles à l'ombre de pins majestueux et de chênes-lièges. Arthur se faufilait sans réfléchir dans ce labyrinthe de petites routes. Il ne sentait pas la fatigue et pédalait avec acharnement, mais toujours la phrase au fer rouge résonnait dans sa tête : « Elle est partie seule avec son amoureux, *elle !* »…

Arthur n'avait aucune idée de l'endroit où il se trouvait à présent, et une boule de tristesse enflait en lui, tel un ballon prêt à exploser. Des rues défilaient en désordre sous ses yeux, portant des noms de fleurs ou d'oiseaux : rue des Pervenches, des Primevères, des Azalées, rue des Bergeronnettes, des Fauvettes, des Mésanges… Essoufflé, échevelé, Arthur finit par s'arrêter n'importe où, près d'un banc en ciment, et dans sa colère il jeta le vélo, qui alla s'étaler bruyamment sur le bord de la route. Il resta là, assis, la tête entre les mains, scrutant le sol d'un air vide.

Une partie de son cerveau semblait prendre un malin plaisir à lui montrer des images de sa mère dans un superbe paysage méditerranéen d'un bleu et blanc éclatant, entre les bras d'un inconnu. Un *autre* homme que son père… Bien sûr, Arthur y avait déjà songé ; certes, il le souhaitait pour sa mère, mais pour lui-même, pas sûr… Au fond, Arthur se doutait bien que son père aurait été d'accord : il fallait que Laura reprenne goût à la vie… Mais alors pourquoi ne lui avait-elle pas dit qu'elle partait en couple ? Craignait-elle sa réaction ? N'était-elle donc pas sûre de ses sentiments pour l'homme qui l'accompagnait ? C'est dans cet état de chamboulement qu'Arthur fut surpris par une voix douce s'adressant à lui :

– Arthur ? Mais… Qu'est-ce que tu fais là ?

Il lui fallut un moment pour comprendre que la jeune fille qui se tenait devant lui, pieds nus sur la route, vêtue d'un pull trop grand et les cheveux en bataille, n'était autre que Zoé ! Lorsqu'il vit que c'était elle, il sursauta et une expression de peur se peignit sur son visage.

– Je te fais peur ? Qu'est-ce que tu as ? Il s'est passé quelque chose ? Tu t'es disputé avec Benji ?

– Mais non, pas du tout ! répondit-il vivement. Et toi, qu'est-ce que tu fais là ?

– Ah, excuse-moi. Je croyais que tu venais me voir !

– Pourquoi ? demanda Arthur encore décalé.

– Eh bien, parce que… J'habite juste ici, dit Zoé en montrant une propriété qui disparaissait derrière d'épaisses haies.

– Tu… Tu habites juste là ?

– Eh oui, tu ne le savais pas ?

– Mais non !

– Alors qu'est-ce que tu fais là ? Tu m'as l'air bizarre…

– J'ai… Je me suis réveillé avant tout le monde, bredouilla-t-il comme si l'explication suffisait. Je voulais voir si Pépète était revenue, c'était ma chienne tu sais, avant…

– Oui je sais, Benji m'a dit.

– On a dû nourrir les petits au biberon. C'est trop bizarre qu'elle ne soit pas encore revenue. J'ai tellement peur qu'il lui soit arrivé quelque chose… Ce matin j'ai nourri les chiots et après j'ai sauté sur mon vélo, dit-il sans parler de Barbara.

– Et alors ? insista Zoé.

– Eh bien, je cherche des endroits d'Hossegor dont mon père m'a parlé, dit-il sans la regarder.

Devinant qu'il s'était passé autre chose, Zoé lui prit la main. Ce simple contact provoqua une explosion aussi intense que silencieuse dans le cœur d'Arthur.

– Viens, lui dit-elle simplement, l'entraînant vers chez elle.

La maison en bois des parents de Marion et Zoé était située sur un terrain boisé en pente. La jeune fille guida son invité vers une cabane de jardin, parmi les arbres et les buissons.

– Ici c'est mon petit domaine à moi, expliqua Zoé en pénétrant dans un enclos fait de planches ramassées sur la plage.

La cabane trônait au milieu du minuscule territoire où Zoé avait accumulé son poétique bric-à-brac. Arthur fut sous le charme. On se serait cru dans un univers de conte de fées. La cabane elle-même, en bois délavé, était décorée par divers objets trouvés sur les plages : coquillages, flotteurs de pêche, fragments de filets, cordages…

Deux planches de body, une jaune, une rouge, étaient rangées sous l'avant-toit et un vieux vélo repeint en blanc semblait se reposer contre le mur. Un hamac avait été installé entre deux chênes-lièges et des dizaines de bois flottés, plus beaux les uns que les autres, parsemaient le jardin.

– Regarde mon cachalot ! dit Zoé, désignant une racine tortueuse polie par les vagues.

Effectivement, ce morceau de bois allongé se terminant par un front carré et massif ressemblait bien à un cachalot. Il y avait même de minuscules coquillages et des graviers incrustés dans le bois pour mieux le décorer.

– Et ça, c'est un extraterrestre ! annonça-t-elle en riant.

Le morceau de bois qu'elle indiquait était planté dans le sable, tel un totem. En le regardant bien et avec un peu d'imagination, on pouvait deviner une large tête aux yeux globuleux, surmontée d'antennes évoquant les « aliens » des films de science-fiction.

– Tu as pris un petit déjeuner ? demanda-t-elle en bonne maîtresse de maison.

– Euh, non, mais je n'ai pas…

– Allez allez, viens, Arthur, je t'invite dans mon château.

Elle poussa la porte de la cabane qui grinçait, et lui fit signe d'entrer. À l'intérieur, s'ouvrait un tout autre univers.

– C'est cool ! ne put s'empêcher de lâcher Arthur, contemplant, émerveillé, le monde douillet de Zoé.

– Ici c'est vraiment chez moi, dit-elle avec fierté. J'ai de la chance que mes parents m'aient laissée m'installer.

On aurait dit un salon oriental, encombré d'objets, posters de vagues, cartes postales du monde entier, livres sur la mer, CD, bougies à demi consumées, il y avait même sa combinaison de surf qui séchait sur un cintre et trois paires de palmes accrochées en ordre sur des pitons. Il faisait bon dans cette cabane hors du temps qui sentait le bois et l'encens.

– Installe-toi, lui dit-elle en désignant un vieux fauteuil de cuir griffé, déchiré, rendu confortable par les coussins et tissus qui le recouvraient. Qu'est-ce que tu veux boire ? Thé ? Chocolat ? Café ? Tout en parlant, Zoé avait sorti une bouteille de camping-gaz surmontée d'un brûleur. Elle remplit une petite casserole d'eau et la fit chauffer. Le tout en un tournemain. La flamme bleue rendit l'endroit plus magique encore. Elle ouvrit une boîte en métal contenant des biscuits.

– C'est ma grand-mère qui les a faits.

Arthur la regardait agir sans en croire ses yeux. Elle prépara du thé, puis versa l'eau fumante dans une petite théière. Encore sous le choc des mots empoisonnés de Barbara, il ne parvenait pas à exprimer ses émotions. Et le voilà qui se retrouvait

dans ce refuge de pêcheur transformé en petit palais des Mille et Une Nuits. Il n'en finissait pas d'observer. Là un poster montrant un surfeur dans une vague géante, plus loin une photo de Zoé allongée sur sa planche au démarrage d'une vague écumante ; posé dans un coin, un aviron en bois, la bouée orange tombée d'un bateau nommé *Sirius*, un vieux baromètre, une mâchoire de requin, une branche de corail…

– Tu as l'air ailleurs, lui dit Zoé en lui tendant son thé fumant.

– Excuse-moi !

Arthur prit la tasse chaude et parfumée en esquissant un sourire.

– Ça signifie tellement de choses pour moi d'être à Hossegor…

– Par rapport à ton père ? demanda-t-elle doucement.

– Oui. Il m'a tellement parlé d'ici, des vagues, et maintenant je suis là et…

– Et ton père, lui, n'est plus là pour le partager avec toi, n'est-ce pas ? continua-t-elle à sa place.

« Et en plus, songea-t-elle, Pépète a disparu… »

– C'est bizarre de vivre tout ça sans mon père et même sans ma… mère…

La gorge d'Arthur se serra.

Le trouble s'était emparé de lui et Zoé ne dit plus rien, se contentant de siroter son thé chaud à petites gorgées en le regardant. Au bout d'un moment, elle lui demanda :

– Dis, tu as repensé au marsouin, toi ?

Pris de court, il répondit avec sincérité :

– Oui, bien sûr. En fait, c'est comme s'il était toujours là…

– Moi aussi, confia Zoé, et en plus j'ai l'impression qu'il nous appelle…

– Qu'il nous appelle ?

– Je ne sais pas comment te dire, souffla-t-elle. Son image revient dans ma tête, je le vois qui bondit dans les vagues et j'ai l'impression qu'il nous appelle, toi et moi : « *Arthur ! Zoé !* » imita-t-elle avec une petite voix nasale.

– Mais pourquoi nous appellerait-il ? demanda Arthur, les yeux ronds.

– Je n'en sais rien moi ! Au fait, tu as vu la mer ce matin ?

– Non, pourquoi ?

– Pourquoi ? Parce que la première chose qu'on fait toujours, le matin, c'est d'aller voir s'il y a des vagues.

– Et toi, tu l'as vue ?

– Eh bien non, moi j'ai été réveillée par un bruit de vélo qui se fracasse !

Elle lui sourit tendrement.

– Un quoi ?

Arthur comprit qu'il l'avait réveillée en jetant le vélo sur la route.

– Oh, je suis désolé, je ne savais pas…

– Ne t'inquiète pas, je suis presque toujours la première debout ici. Marion dort encore ; elle est secouée par ce qui s'est passé hier ; il faut reconstruire le club de sauvetage en se disant que ça va peut-être recommencer demain… Allez, on va voir la mer ?

– Mais je n'ai pas fini mon thé…

– Eh bien il attendra, répliqua-t-elle d'un ton ferme, mais la mer, elle, n'attend pas !

Elle lui tendit la main et il la prit avec reconnaissance ; ils sortirent ainsi de la cabane, main dans la main, la bouche sèche d'émotion de se trouver soudain si proches.

Lorsqu'ils furent dehors, elle s'arrêta et lui fit signe de rester silencieux.

– Écoute bien…

Arthur suivit son regard. Bouche entrouverte pour mieux entendre les sons lointains, Zoé captait la rumeur des vagues.

– Le matin, quand je me lève, je commence par écouter le bruit des vagues. Mais c'est souvent trompeur. Parfois elles font un bruit d'enfer alors qu'elles sont minuscules et d'autres fois, on n'entend pas grand-chose et pourtant il y a de grosses vagues ! Ça dépend du vent, de la marée, c'est un vrai mystère...

– Et aujourd'hui ? demanda Arthur amusé.

– Là ?

Zoé tendit l'oreille, mettant sa main en creux pour mieux entendre.

– On dirait qu'il y a des silences entre les vagues, ça pourrait vouloir dire qu'il y a de belles séries à surfer... Allez, viens, on va voir ! Sans attendre, Zoé sortit de la propriété, suivie par Arthur.

Ils grimpèrent d'un bon pas le chemin menant à la dune ; la rumeur océane se précisait. Enfin, arrivés au sommet, ils découvrirent la plage.

– Oh là là ! Comme c'est calme... soupira Zoé déçue.

– Tu es triste quand il n'y a pas de vagues ? demanda Arthur.

– Triste ? Non, pas vraiment, mais ce n'est pas pareil. Disons qu'il manque quelque chose. C'est comme un cœur qui s'arrête de battre...

– Il ne faut pas exagérer ! On peut quand même profiter d'une mer plate pour nager ou faire de l'apnée... dit Arthur qui se remémorait ses vacances en Méditerranée.

– Oui oui, bien sûr, soupira Zoé. Marion et Flapy vont sûrement aller ramer loin sur leurs planches. Mais c'est plus fort que moi, tu sais : quand il n'y a pas de vagues, je les attends…

Arthur buvait ses paroles en la regardant. Comme elle était belle, sur ce paysage de plages infinies mêlant sable blanc et bleu océan. La brise déplaçait les mèches qui barraient parfois ses yeux. De légères taches de rousseur parsemaient ses joues, les ailes de son nez. Sa bouche était expressive et son regard d'une intensité qui ne s'oublie pas.

– Et le pire, continuait-elle en scrutant l'océan du haut de la dune, c'est que lorsqu'il y a des vagues, je deviens un peu comme leur esclave, je me sens quasiment obligée d'aller dans l'eau, même si j'ai des tas de choses à faire, même si j'ai un rhume ! Les anciens Hawaiiens avaient un mot pour désigner cet état : ils disaient qu'on devient « hopupu »…

– Hopoupou ?

– Oui, c'est l'état des surfeurs qui se sentent appelés lorsque arrivent les grosses vagues d'hiver, ils sont capables de tout abandonner sur-le-champ, leur travail et même leur famille, pour aller surfer…

– Si je comprends bien, reprit Arthur, tu es tout le temps programmée sur les vagues ?

– Mais non, Arthur, pas « programmée ». Disons plutôt « en contact permanent » avec elles, comme on peut l'être avec quelqu'un qu'on aime…

Zoé le regarda dans les yeux et il se sentit fondre. Une flamme invisible les traversa ; aucun n'osa rompre le contact. Frissonnant de sa propre audace et sans même savoir ce qu'il faisait, Arthur se pencha vers elle pour déposer un bref baiser sur ses lèvres. Zoé ne broncha pas, comme s'il ne s'était rien passé. Le bruit saccadé d'un hélicoptère grossit ; l'appareil survolait les plages à basse altitude ; son rotor devint assourdissant. Il passa au-dessus d'eux ; lorsqu'il s'éloigna, le charme était rompu, mais Arthur tremblait encore d'émotion.

– Ils n'arrêtent pas de survoler le coin depuis que les vagues sont passées par-dessus la dune, commenta Zoé en regardant s'éloigner l'hélicoptère.

– Dis-moi une chose, lança Arthur d'un ton intime. Quand on surfait hier à Capbreton, c'est vraiment toi qui as déclenché les vagues ?

– Tu peux penser ce que tu veux, Arthur ! Je t'avais prévenu qu'il allait se passer quelque chose, non ?

– Oui, mais c'était peut-être un hasard ?

– Bien sûr…

Elle haussa les épaules.

– Crois ce que tu veux. Avec la mer il y a tellement de choses inexplicables…

– Oui… Je te crois ! Arthur mourait d'envie de lui parler de la voix qu'il avait entendue, mais n'osait pas. Elle le regarda, étonnée.

– Tu me crois vraiment, ou tu dis ça pour me faire plaisir ?

– Non non, je te crois, Zoé. Je vois bien que tu as... un truc en plus !

Elle sourit de toutes ses dents et lui serra la main.

– Tu es vraiment un garçon adorable, Arthur !

Ce compliment lui donna la chair de poule et il refréna son envie de la prendre dans ses bras.

– Et toi aussi, ajouta-t-elle, tu as un truc en plus !

Ils se mirent à rire, liés par les invisibles faisceaux de l'amour naissant. Elle lui toucha le poignet et souffla :

– C'est bon de te voir rire. Tu avais l'air si triste tout à l'heure... Dis-moi ce qui n'allait pas ?

– C'est la belle-mère de Benji, lâcha finalement Arthur en fronçant les sourcils, Barbara. Elle est dure. Elle ne m'aime pas. Elle voudrait que je m'en aille...

– Oui, elle n'est pas brillante, répliqua Zoé, un sourire aux lèvres. C'est une poupée, une « bimbo », voilà tout. Mais ne t'occupe pas de ce qu'elle dit. Le seul endroit où elle n'a pas eu d'injections, je crois bien que c'est son cerveau !

Ils rirent de plus belle.

5
Eloola, jeune houle

Ce matin-là, le Fantôme des plages inspectait une série de pitons rocheux à l'entrée du canyon. Souvent, les pêcheurs perdaient des filets qui allaient s'emberlificoter sous l'eau entre les rochers, devenant ainsi des pièges mortels. Bud n'aimait pas les filets. Ces engins ne ciblaient pas leurs prises et détruisaient beaucoup d'animaux pour rien. C'est un filet qui avait causé la mort de son petit frère qu'il aimait tant, des années auparavant, du temps où il vivait en Australie avec sa famille. Au cours d'une plongée en apnée, son frère s'était pris le pied dans un filet et il était mort noyé. Bud, qui ne s'était jamais remis de cet accident, vouait une véritable haine à tous ces engins de pêche qui tuaient aveuglément.

Alors qu'il était arc-bouté sur un embrouillamini de Nylon pour le dégager d'un banc de corail, Bud perçut un tremblement. Rien de plus qu'un battement d'aile. Ce fut assez pour l'alerter ; il dressa l'oreille... Une rumeur se propageait, en provenance des pôles, où il était question d'une vague, une vague pas comme les autres...

... À ce moment de l'histoire, Eloola n'est encore qu'une jeune princesse caracolant fièrement sur les champs glacés des latitudes polaires, à des milliers de milles de la plage d'Hossegor, où se tiennent Arthur et Zoé. Elle vient juste de naître dans un fracas si assourdissant qu'il a réveillé les dieux dans leur sommeil ; déjà elle fonce tête la première vers sa destinée. En effet, Eloola n'est pas une vague comme les autres, car elle n'a pas été engendrée par les vents du large, mais par une phénoménale avalanche de glace dans la mer...

Sur Terre, la fonte des glaces a commencé. Il n'a pas fait aussi chaud depuis plus de dix mille ans ! Les hommes semblent devenus fous : ils brûlent leurs dernières gouttes de pétrole dans des moteurs et des usines tournant à plein régime qui crachent des gaz dans l'atmosphère. Résultat : des trous dans le ciel. Ce ciel bleu, cette fine atmosphère, c'est pourtant tout ce qu'on a au-dessus de la tête pour se protéger des objets célestes ou des rayonnements cosmiques... Mais les hommes ne maîtrisent plus leurs machines et les activités industrielles aggravent le réchauffement planétaire, entraînant une cascade de conséquences : pluies, tempêtes, inondations et sécheresses, mais surtout la fonte des glaces, qui elle-même provoque une montée des eaux menaçant les terres…

Pour l'instant, Eloola se soucie fort peu de tout cela, heureuse de danser et virevolter sous la peau douce de l'océan, s'amusant de sa propre force en bousculant un iceberg au passage. Ah, comme c'est bon d'être une houle jeune et libre ! Elle est pressée de découvrir le grand monde, les mers chaudes…

À ce moment de son existence, Eloola n'est encore qu'une vague en devenir. Avant de déferler sur un rivage, la jeune houle peut ainsi parcourir plus de 1 000 kilomètres par jour en pleine mer. Ce long voyage constitue sa vie, parsemée de hauts-fonds, de tempêtes, de courants, de rencontres insolites, poissons, oiseaux, bateaux petits et gros…

En quittant la contrée des icebergs, Eloola fait la connaissance d'une famille d'orques nomades. Un grand mâle va de l'avant, avec son haut aileron noir, suivi de la mère, la grand-mère, la fille et un jeune mâle né cette année. Les orques sillonnent les eaux polaires en famille, en quête de nourriture. Lorsqu'ils sentent arriver Eloola, les cétacés décident de faire un bout de chemin en sa compagnie. Les orques savent surfer la houle, profitant de son énergie pour accélérer l'allure tout en se reposant. Tout comme un oiseau sait planer sur de vastes distances grâce aux vents ascendants, les orques savent planer sur les houles en se laissant porter sur

de longues distances. Eloola s'émerveille de voir de si grosses créatures glisser avec autant d'aisance. En les transportant ainsi entre ses bras, la jeune houle sent qu'elle participe à l'harmonie du monde.

Eloola écoute leur histoire ; les orques viennent de loin, d'un récif proche du Kamtchatka, et la vieille grand-mère de soixante-quatorze ans a voyagé d'un pôle à l'autre. Elle a survécu à la faim, à la solitude, aux filets, et même aux hommes qui ont cherché à la capturer ou à la blesser.

De son côté, Eloola leur raconte sa naissance au pays des glaces, le grand continent blanc, l'ultime frontière où les hommes n'ont pas leur place. Immensités éblouissantes, figées dans des paysages déchiquetés, où la vie même semble une intruse, où le soleil ne se lève pas toujours… Montagnes hostiles sur lesquelles soufflent des vents diaboliques, où règnent les ciels infinis et le froid absolu, le silence, la pierre et la glace, univers d'une puissance colossale, sans cesse illuminé par les étoiles filantes et les aurores boréales.

Tel est le pays d'où vient Eloola. Elle raconte aux orques comment elle est née, lorsqu'un pan entier de la montagne s'est détaché sous l'action de la chaleur. En s'effondrant dans l'océan, ce morceau de montagne a soulevé la houle qui se propage maintenant à travers l'océan… Eloola. À la nuit tombée, ayant repéré un appétissant banc de thons filant vers l'ouest, les orques laissent la jeune houle continuer seule sa route, pour aller festoyer et se remplir la panse.

Eloola est heureuse de rouler majestueusement sous les étoiles qui scintillent, tels des milliards de cristaux d'écume ! Partie bille en tête à la conquête des vastes océans, elle s'éloigne désormais des latitudes polaires. Les eaux de la mer commencent à se réchauffer, ce qui lui donne envie de bondir de joie. Elle devine confusément que son grand voyage trouvera sa fin sur un rivage lointain, ce qui la trouble, mais elle reprend sa course pleine d'insouciance, trouvant un malin plaisir à faire tanguer un énorme cargo supertanker au passage. Elle entend les marins crier sur le pont et s'en amuse.

Eloola sait que des bipèdes humains vivent sur les îles et les rares terres émergées de cette planète en majorité océane ; elle se réjouit de les rencontrer, sans même soupçonner le danger qu'elle peut représenter pour eux...

6
Poisson-lune

Il était encore tôt lorsque Arthur revint de son escapade matinale. Les idées se bousculaient dans sa tête. Après avoir entendu la conversation téléphonique de Barbara, il était parti dans un état de désespoir, imaginant que sa mère allait l'abandonner pour partir vivre avec un type qui ne l'aimerait sûrement pas...

Et puis Zoé était apparue sur son chemin, telle une fée, le menant dans son merveilleux refuge ; ensuite ils étaient allés voir la mer si calme, moment étrange où Arthur l'avait brièvement embrassée. Il se souvenait encore du goût salé-sucré de ses lèvres. Depuis, l'esprit d'Arthur était tel l'insecte affolé devant des lumières trop fortes, où qu'il regarde, quoi qu'il fasse, il voyait les yeux de Zoé partout, ces yeux à la fois mystérieux, farouches, mais tendres... Était-ce donc cela être amoureux, cette obsession fiévreuse ? Et peut-être que sa mère, elle aussi, était amoureuse, ce qui expliquait son comportement, son voyage en Grèce…

C'est dans cet état d'agitation qu'Arthur se glissa dans la maison de Benji ; par bonheur, son escapade matinale passa inaperçue. Il s'installa à la table de la cuisine avec un bol de céréales et une bande dessinée, mais il ne comprenait rien à l'histoire, car son cerveau semblait exclusivement branché sur Zoé. Un peu plus tard, Benji descendit le rejoindre.

– Salut, Arthur. Tu as vu Pépète ?

– Non, elle n'est toujours pas là. J'ai déjà donné le biberon à Riri, Fifi et Loulou. Ils cherchent leur mère…

– Je ne comprends pas, souffla Benji attristé. En plus, elle porte un collier avec le numéro d'ici. Là, c'est forcément grave…

Préoccupé, Benji se servit un bol de céréales sans rien dire. Il était très attaché à la chienne, tout comme Arthur, et ne supportait pas l'idée qu'il ait pu lui arriver quelque chose. Après avoir remâché ses idées noires et ses céréales, Benji jeta un œil sur le ciel et lâcha :

– Je me demande s'il y a des vagues aujourd'hui ?

Bien sûr, Arthur savait que l'océan était d'un calme plat, mais il ne dit rien, préférant garder secrète sa rencontre avec Zoé. Joël descendit l'escalier à son tour, soucieux lui aussi.

– P'pa, Pépète n'est toujours pas rentrée ! annonça Benji.

– Je sais, Ben, je sais…

Joël avait l'air embêté. Il s'assit à la table de la cuisine et les regarda, solennel. Écoutez, les garçons, je ne sais pas très bien quoi faire… En plus, Barbara a piqué une crise en entendant les infos. Je lui ai donné un cachet. Maintenant elle dort, mais elle me tanne pour partir.

– Mais enfin, papa, on vient juste d'arriver ! protesta Benji. Et puis…

– Attends, Ben. Il se passe des choses graves, reprit son père, sourcils froncés. La télé et la radio ne parlent que de ça. On pense savoir d'où venait la vague qui a passé la dune l'autre nuit… En fait, ce sont d'énormes morceaux de banquise qui fondent aux pôles, à cause du réchauffement climatique, et lorsqu'ils basculent dans l'océan, ils soulèvent des vagues.

– Mais comment c'est possible ? demanda Benji.

– Eh bien, les vagues peuvent voyager des milliers de kilomètres à travers l'océan avant de déferler répondit Joël.

– Comme un tsunami ? lança Arthur.

– Oui, mais ce n'est pas la même chose. N'empêche, ils disent qu'il pourrait y avoir d'autres vagues et je ne sais pas s'il est prudent de rester ?

– Tu parles sérieusement papa ?

Benji n'en revenait pas.

– Tu as peur ? On ne peut quand même pas abandonner la maison et s'en aller…

En entendant ces mots, Arthur se figea ; l'idée de

quitter cette contrée magique, de s'éloigner de Zoé ou de la plage, lui parut insupportable.

– Moi non plus je ne veux pas partir… dit-il en baissant les yeux.

– Mais vous êtes marrants ! s'emporta Joël. Ce n'est pas une question d'envie ! C'est une décision difficile. Je suis aussi responsable de toi, Arthur. Je ne veux pas alarmer ta mère et j'essaye de penser à ce qu'aurait fait ton père dans la même situation…

– Papa me parlait toujours de la mer comme une amie, une alliée… répondit Arthur.

– Oui, bien sûr, c'est vrai, répondit Joël conciliant, mais la mer peut tuer aussi : regarde les tsunamis, les ouragans…

– Ce n'est pas la mer qui tue, rétorqua Arthur sans expression, mais les gens qui se mettent aux mauvais endroits !

– Eh bien justement, dit Joël reprenant la balle au bond, nous sommes peut-être au mauvais endroit, ici ?

– En tout cas, moi je n'ai pas peur, déclara Benji.

– Mais ce n'est pas une question de peur, fiston ! Avec le réchauffement, la planète se déglingue. Plusieurs îles du Pacifique sud sont en cours d'évacuation. L'eau monte partout dans le monde, des populations entières sont déplacées, chassées du littoral. C'est toute notre géographie qui va être modifiée. Et quant au Ranch, s'il est inondé, il ne vaudra plus rien…

– Tu crois que c'est vraiment possible ? demanda Benji, les yeux écarquillés.

– Oui, mon fils. J'ai parlé à des amis ce matin ; il semble que certaines personnes qui habitent près de la mer ont déjà choisi de partir, par mesure de précaution. Il se peut aussi qu'on nous oblige à évacuer…

– Quoi ? demandèrent les deux garçons en chœur.

– Nous devons nous tenir prêts, dit Joël gravement. Je suis désolé.

– Mais enfin, la mer est super-calme, il n'y a pas une vague, ne put s'empêcher de lâcher Arthur.

Benji le regarda, étonné.

– Ah bon, tu as vu la mer, ce matin ?

– Oui, avoua-t-il, je me suis levé tôt et je suis allé la voir…

– Tu aurais pu me le dire !

– Oui, c'est vrai, j'avais la tête ailleurs, répliqua Arthur espérant aussitôt qu'on ne lui demanderait pas pourquoi.

– Bon, écoutez, les garçons, reprit Joël. Je vais aller me renseigner à la mairie. Benji, je veux que tu prennes ton portable partout avec toi à partir de maintenant. Il faut que je puisse vous joindre à tout moment.

Benji mourait d'envie de parler avec ses amis du club de sauvetage pour connaître leur opinion. Après s'être occupés des chiots, les deux garçons se dirigèrent vers la plage le cœur lourd.

Sur la dune, de nombreux curieux, des inquiets, scrutaient l'horizon avec nervosité. Tous semblaient attendre quelque chose. Mais quoi ? La mer était parfaitement calme et certains en profitaient pour se baigner, nager, ramer… Au large, voiliers et bateaux de pêche sillonnaient les eaux du golfe comme si de rien n'était. À l'emplacement du club, une tente avait été dressée en attendant qu'on reconstruise la cabane ; une certaine agitation émanait du groupe.

Lorsque Arthur et Benji arrivèrent, tous les saluèrent. Arthur et Zoé se regardèrent, complices, avant de se dire bonjour comme s'ils ne s'étaient pas vus de la journée. Marion, Flapy, Bastien et une demi-douzaine d'autres étaient venus voir l'océan, discuter de cette incroyable situation. Ils ne parlaient que de ça, du réchauffement climatique, de la banquise qui s'émiettait, des vagues géantes et du niveau de la mer qui ne cessait de monter. Parmi eux se trouvait Léon, un ancien sauveteur respecté de tous. Son corps sec et encore athlétique ne laissait pas deviner son âge, proche des quatre-vingts ans. Malgré cela, il sortait encore nager par drapeau rouge. Léon avait sauvé des dizaines de vies à lui seul et enseigné le sauvetage côtier à des générations de sauveteurs. Mais surtout il avait une fantastique connaissance de cet océan au bord duquel il était né.

– Depuis le temps qu'on le dit, ça devait arriver ! clamait Léon. Les plages ne sont pas faites pour être construites, elles doivent rester sauvages, comme des zones tampon entre nous et l'océan. Dans le temps, on laissait deux rangées de dunes avant la première maison.

– Et maintenant, la mer monte ! surenchérit Flapy.

– Ouais, déjà qu'on est trop nombreux sur cette planète… grogna Bastien à son tour.

– Ce qui me surprend, quand on parle de la planète, ajouta Marion songeuse, c'est qu'il n'est question que des terres, c'est-à-dire finalement un petit tiers de la Terre. Tout le reste c'est la mer, et on n'en parle presque pas…

– Tu as raison, reprit Léon. Et nos terres sont chaque jour grignotées par l'eau qui monte. Moi je vous le dis, on devrait faire comme dans les écoles en Australie : rendre la natation obligatoire, au même titre que les maths. Notre futur passe forcément par l'océan…

La dernière phrase du vieux sauveteur résonna dans la tête d'Arthur : « Notre futur passe forcément par l'océan. » Elle aurait pu être prononcée par cette voix mystérieuse qui lui parlait dans les vagues.

– Mais alors à quoi ressemblera le monde, demain ?

Zoé posait la question au vieux sauveteur.

– Ah, ma petite, je ne suis pas devin, souffla Léon, ce qui est sûr, c'est que la mer va occuper une place grandissante, dans tous les sens du terme.

Mais pour l'instant, au lieu de la protéger, on la pollue, on lui arrache ses derniers poissons, on racle ses fonds…

Il haussa les épaules.

– Voilà ce que nous faisons de notre avenir…

Le vieil homme semblait dépité, mais dans un sursaut d'espoir il se tourna vers le groupe qui l'écoutait pour s'adresser à eux :

– Heureusement que vous êtes là, vous les jeunes ! Je vous connais : vous savez à quel point la mer est vivante et fragile, à quel point il est urgent de la protéger…

– Mon père veut qu'on s'en aille, parce que notre maison est juste derrière la dune, lança Benji pour voir ce qu'en pensait le vieil homme.

– Oui oui, je sais, il y en a qui préfèrent s'enfuir et quitter le navire qui coule, ironisa Léon. Mais je vous le dis : moi je ne bougerai pas d'un pouce. Si quelque chose se produit, je veux être aux premières loges et le voir de mes propres yeux. Et personne ne m'en empêchera. Je suis vieux, tu sais, Benji, j'ai vécu pas mal de choses. Le surf n'existait pratiquement pas quand j'avais votre âge… Au fond, je pense qu'il ne se passera rien de grave et que les plages seront toujours les plages…

Benji et Arthur se regardèrent, complices, comme pour se dire : « Il a raison, il faut rester. »

– Et toi, Marion ? Qu'en pensent tes parents ? demanda Benji.

– Ils ne veulent pas bouger, dit-elle avec détermination. Sauf si on est évacués.

– Avant de nous évacuer, il faudrait déjà qu'ils soient capables de prévoir l'arrivée des vagues, remarqua Flapy.

– Pourtant il paraît qu'ils ont des satellites capables de repérer et de suivre les houles à travers l'océan, observa Bastien.

– Oui, ben tout ça c'est du bla-bla, soupira Zoé, sa mèche rebelle barrant son visage.

Elle scruta la mer, puis Arthur, et se tourna vers sa sœur.

– La mer est plate ; on devrait en profiter pour s'entraîner à ramer. Je peux prendre un paddle, s'il te plaît, Marion ?

– Bien sûr que tu peux, lui répondit-elle.

Puis se tournant vers les deux cousins avec un sourire complice, elle leur proposa :

– Benji, Arthur, vous voulez prendre une planche de paddle et vous entraîner avec Zoé ?

– OK ! dit Arthur avec empressement.

Benji hésita, mais au fond il était bien content d'aller ramer avec Arthur. Un peu d'action leur ferait du bien. Tous trois partirent donc, planche sous le bras, vers l'océan aussi calme qu'un miroir, tels de jeunes poulains en train de gambader. L'eau était bonne ; ils se lancèrent en avant, à genoux sur leurs esquifs. Zoé leur donna quelques conseils pour garder un meilleur équilibre. Au début ils ramèrent énergiquement, fendant l'eau lisse avec une joie enfantine. Sur une eau calme, il n'était pas difficile de ramer ; ils progressaient en formation, pointant vers le large.

– En avant, moussaillons ! cria Zoé à la façon d'un capitaine de vaisseau pirate.

– À l'assaut ! lâcha Benji pris dans l'enthousiasme ambiant.

– On les aura ! reprit Arthur à son tour, ramant pour rattraper Zoé qui prenait de l'avance. Ah, comme il se sentait bien, entouré de ses amis, fendant l'eau tel un sauvage des îles sur sa planche !

L'air du large soufflait sur sa frimousse d'adolescent et Arthur devenait un autre, ou plutôt il se sentait enfin devenir lui-même, face à l'océan. Ici, en mer, tout volait en éclats : les mauvaises pensées, les souvenirs douloureux, la nostalgie qui colle à la peau, tout cela s'évaporait en volées d'embruns. Ils continuèrent d'avancer ainsi un bon moment, riant et s'amusant à crier comme des pirates au milieu des éclaboussures :

– Barbe noire ! À l'attaque !
– Bachi-bouzouk !
– Marin d'eau douce !

À force de ramer et de crier, ils se retrouvèrent essoufflés, les épaules endolories. Ce fut Zoé, en tête, qui donna le signal de s'arrêter. Elle s'était redressée et observait la côte. Ils se regroupèrent, à califourchon sur leurs planches. Lorsque Arthur se retourna pour regarder la plage, il poussa un cri de stupéfaction :

– Whaowh ! Qu'est-ce qu'on est loin du bord !

Arthur n'en revenait pas : à peine avaient-ils ramé quelques minutes que déjà ils se retrouvaient au large ; d'ici, la plage n'était plus qu'une fine bande jaune et les promeneurs ne semblaient pas plus gros que des fourmis !

Pendant ce temps-là, Zoé prenait des repères sur le bord, pointant son œil et son doigt dans diverses directions.

– Mais qu'est-ce que tu fabriques ? demanda Benji intrigué.

– Je cherche mes repères, répondit Zoé mystérieuse. Il faudrait qu'on se décale encore un peu vers le nord. Vous venez ?

Sans leur demander leur avis, elle repartit et s'arrêta au bout d'une bonne centaine de mètres pour vérifier ses repères sur la côte.

– Mais enfin, Zoé, qu'est-ce que tu fabriques ? cria Benji qui ramait vers elle, suivi d'Arthur.

– Venez tous les deux près de moi et je vous le dirai.

Intrigués, Benji et Arthur ramèrent jusqu'à elle, scrutant la plage avec curiosité.

– Voilà, dit Zoé en pointant tour à tour deux directions distinctes. J'ai d'un côté Capbreton, avec le phare vert de l'Estacade dans l'alignement du château d'eau, et de l'autre, Hossegor avec la Fédération de surf alignée sur l'immeuble bleu et blanc…

– Et alors ? demanda Benji qui ne comprenait toujours pas où elle voulait en venir.

– Et alors, répondit fièrement Zoé, ça veut dire que nous nous trouvons pile-poil au-dessus du Gouf de Capbreton.

– Quoi ?

Arthur devint soudain fort inquiet.

– Je suis venue ici plusieurs fois en bateau avec papa, commenta Zoé. On voit nettement « la tête » du Gouf sur l'écho sondeur.

– La tête du Gouf ? demanda Benji intrigué.

– C'est comme ça qu'on dit, répliqua Zoé sûre d'elle-même, c'est le début du canyon.

– C'est profond ? demanda Arthur à moitié rassuré.

– T'inquiète pas, répliqua Zoé, on ne va pas tomber dedans ! Et puis ici, les premières falaises sous-marines ne descendent qu'à 40 ou 60 mètres. Mais j'ai vu les cartes marines, c'est un super-canyon qui commence ici, s'étend jusqu'au bout de l'Espagne et atteint 3 500 mètres de fond.

Arthur était sidéré ; non seulement les propos de Zoé lui semblaient vertigineux, mais il y avait quelque chose d'irréel à discuter tranquillement tous les trois, alors qu'ils se trouvaient en pleine mer sur leurs planches. Ici, plus encore qu'à la plage, Arthur avait conscience que l'océan était vivant, qu'il respirait amplement, au rythme des houles. C'était aussi merveilleux que terrifiant.

— On dit qu'il y a des créatures bizarres qui vivent au fond, dit Benji.

— Mais personne n'est jamais allé voir, répondit Zoé.

Tout cela ne faisait qu'augmenter l'appréhension d'Arthur, qui ne disait plus rien et sentait monter en lui des questions inquiétantes : que se passerait-il si un fort vent survenait et les poussait vers le large ? Et si un requin s'approchait ? Ou une vague géante ?

— Ça va, Arthur ?

Zoé s'approcha de lui, voyant qu'il ne semblait pas dans son assiette.

— Euh, non, pas trop… Je crois que je ne me sens pas tranquille…

— Tranquille ? demanda Zoé. Sois tranquille, Arthur, comme la mer.

La jeune surfeuse s'approcha pour lui chuchoter :

— Tout va bien, tu sais. Ce chaud murmure dans le pavillon de son oreille fut le plus réconfortant des élixirs.

— Tu sais, il n'y a aucune raison d'avoir peur. On n'est pas bien ici ?…

Arthur hocha la tête, pour acquiescer, rasséréné par les mots de Zoé, qui ajouta :

— Mais si tu veux, on rentre…

— Non non ! protesta-t-il avec un regain de vigueur. Ça va mieux…

— Respire un grand coup, conseilla Zoé en inspirant.

– Oh ! Regardez ! cria Benji, tout excité.

Il désigna un point sur la surface, non loin, quelque chose comme un fin aileron qui se déplaçait lentement.

Arthur eut un coup au cœur et ne put s'empêcher de se pencher vers Zoé pour demander à voix basse :

– Tu crois que c'est notre marsouin ?

– Non, répondit Zoé, ce n'est pas un marsouin…

– Hey, vous ne croyez pas que c'est un requin ? demanda Benji d'une voix aiguë.

– Non ! Je sais ce que c'est, affirma Zoé : un poisson-lune ! J'en ai déjà vu en bateau avec papa. On l'appelle aussi *mola-mola* !

– Mais il est drôlement gros, dis donc, reprit Arthur, tu es sûre que ce n'est pas un requin ?

– Tu rigoles ! dit Zoé. Un requin serait sur nous en deux secondes, ils nagent très vite. Le poisson-lune peut être gros, mais il se traîne ; il n'a pas de queue pour se propulser, alors il se laisse un peu porter au gré des courants.

– C'est dangereux ? demanda Benji dévoré de curiosité.

– Ah, ça, non, il n'y a rien de plus gentil qu'un mola-mola, dit Zoé en riant. Ils sont totalement inoffensifs, ils ne peuvent même pas se défendre, c'est pour ça que leur peau est si dure.

– On va le voir ? demanda Benji, qui rama vers le poisson sans attendre.

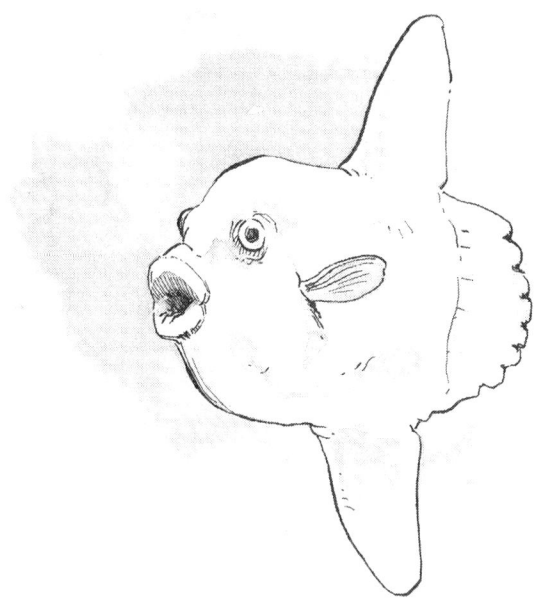

Zoé se tourna vers Arthur ; elle le regarda si tendrement qu'il se demanda si elle allait l'embrasser. Ses dents brillaient sur un irrésistible sourire.

– Allez, viens… Tu vas voir comme c'est adorable, un mola-mola !

Arthur ne résista pas et se mit à ramer près d'elle en direction du gros poisson qui bougeait lentement. Hypnotisé par l'étrange passant, Benji s'était approché, mais restant à distance respectueuse. L'aileron oscillait d'un côté puis de l'autre, et l'on ne voyait que le dos du poisson-lune qui progressait de façon pataude.

– C'est une grosse bestiole ! s'exclama Benji.

– Évitons de lui faire peur, dit Zoé qui, comme toujours, semblait dominer la situation. On s'arrête et on le regarde…

– J'aimerais bien le toucher, dit Benji.

Les trois planches se regroupèrent et ils restèrent à quelques mètres de lui ; le poisson ne paraissait pas effrayé, mais plutôt curieux de cet attroupement. Il s'approcha avant de basculer sur le côté, permettant à son œil de les observer.

Le mola-mola était une bien curieuse créature en vérité, avec son corps brun en forme d'obus, terminé par deux nageoires verticales, sa petite bouche et son œil rond de couleur fauve. Un profond silence s'installa ; personne ne bougeait ; le poisson restait immobile, son œil rond braqué sur les adolescents fascinés. L'instant dura une éternité. C'était extraordinaire, inexplicable, mais la rencontre avait bien lieu entre ces trois humains et ce voyageur de la haute mer. S'ils avaient su communiquer avec lui, Zoé, Arthur et Benji auraient appris beaucoup de choses. Certes, ce poisson ne possède qu'un minuscule cerveau, mais il est capable d'une grande écoute et d'une extrême sensibilité aux innombrables messages véhiculés par l'eau. Le mola-mola connaissait bien des secrets de l'océan, lui qui le parcourait en contemplatif, à la dérive. Ainsi, dans sa grande sagesse, il savait déjà qu'une vague venue du pôle s'approchait des côtes. Il aurait bien voulu prévenir ces trois jeunes du danger, mais ne savait comment s'y prendre. Alors il reprit sa lente dérive et repartit vers le large, pour leur montrer la direction d'où viendrait Eloola.

Benji se mit à ramer vers le poisson avec l'intention de toucher sa peau dure ; Zoé se lança derrière lui pour l'empêcher d'effrayer l'animal. Arthur resta immobile sur sa planche ; quelque chose le retenait. Ses amis s'éloignèrent et bientôt leurs voix lui parvinrent assourdies.

En observant la surface, Arthur poussa un cri de terreur : l'eau était si immobile autour de lui qu'elle était devenue aussi transparente que du cristal. En se penchant, Arthur s'aperçut qu'il distinguait clairement les fonds marins ! La vision était ahurissante, comme s'il se trouvait suspendu au-dessus d'un vide translucide. Une douzaine de mètres plus bas, les bancs de sable s'étendaient à l'infini. Parmi ces dunes sous-marines, il découvrit alors la grande déchirure au milieu des sables : le début du canyon, ressemblant à une double tête de serpent, un gouffre dont les parois arrondies plongeaient vers des profondeurs abyssales. Incroyable ! Il distinguait en détail ce paysage de western sous-marin, les précipices, les méandres sinueux, les mesas en forme de colonnes, il était un aigle planant au-dessus du Grand Canyon du Colorado. La mer s'était soudain dématérialisée tandis que lui demeurait suspendu en l'air... Ses yeux revinrent à la tête du Gouf, déclenchant une salve de questions : comment une telle faille avait-elle pu se former au milieu de tout ce sable ? Et pourquoi ? Quels mystères recelaient ces profondeurs inexpliquées ?

– C'est là que je dors, dit alors la voix.

Arthur crut que ses cheveux se dressaient sur sa tête ; une présence sombre remuait sous la surface ; une silhouette, son propre reflet ? L'eau restait immobile et soyeuse, alors même que la forme continuait de bouger. La voix de Bud revint, proche, familière :

– J'ai un coin à moi tout en bas, sur un lit d'argile…

– Qu'est-ce que vous dites ?

Arthur ne comprenait pas ses propos.

– Je dis que je dors souvent dans le Gouf, répondit Bud. C'est tranquille et confortable. J'entends le chant des baleines, les craquements de la terre, je sens l'odeur des volcans. Et, de temps en temps, je remonte à la surface pour venir en aide aux nageurs en détresse. Je m'approche d'eux dans les vagues, je les guide, parfois même je les bouscule un peu pour les aider. Il suffit parfois de quelques mots pour sauver quelqu'un.

Arthur regardait toujours les reflets de l'eau, sidéré d'entendre si clairement ce discours, alors qu'il croyait distinguer son propre reflet sur le miroir de la surface !

– Ici, je te l'ai dit, tout circule tout le temps. Nous baignons tous dans le ventre de l'océan. Lorsqu'on s'ouvre à l'eau, on peut tout entendre et tout

sentir, Arthur. Tu vois, aujourd'hui la mer est calme, mais bientôt une autre vague va venir, plus puissante que les autres.

— Un tsunami ??

— Non : une vague nommée Eloola. Mais n'aie pas peur, mon garçon, je suis là. Vis ta vie, je te dirai quoi faire pour éviter le danger. Avec la mer, il faut savoir anticiper pour survivre. Si tu sais l'écouter, la caresser, elle te prévient toujours, mais il ne faut surtout pas s'en détourner...

— *Ne tourne jamais le dos à la mer*, récita Arthur.

— Tu as bien appris ta leçon. Et tu as raison de t'en souvenir, car la mer va changer le cours du futur ; peu d'hommes en ont conscience. Peut-être que ton rôle à toi, Arthur, consiste à développer cette idée : que le futur de l'humanité passe par l'océan ?

— Cela veut dire que la mer va monter, monter, jusqu'à ce qu'il n'y ait plus du tout de terres ?

— Peut-être, peut-être, Arthur, c'est vrai que les terres sont petites, mais les mers sont grandes. Tout est une question de temps. Cela ne doit pas t'effrayer. La mer peut tuer et détruire, mais elle peut aussi unir les hommes et même les rendre meilleurs...

— Est-ce que je devrais prévenir tout le monde qu'une vague va arriver ? demanda Arthur d'une voix inquiète.

— Tu peux essayer, répondit Bud en riant un peu.

Mais quand on dit la vérité aux gens, la plupart du temps ils ne sont pas capables de l'entendre.

—Mais alors, qu'est-ce qu'il faut faire ? lança Arthur d'une voix inquiète.

—Ne crains rien, le Gouf vous protégera... Et n'oublie pas que la mer est aussi un jeu. Jouer avec elle, c'est apprendre d'elle. Alors garde ton âme d'enfant et amuse-toi. Tu ne le sais peut-être pas, Arthur, mais je veille sur toi... J'ai promis à Kevin de m'occuper de toi lorsque tu viendrais ici.

—Mais qu'est-ce que vous racontez ? lança Arthur, nerveux.

—Ton père et moi, nous avons été très proches. Je lui ai enseigné quelques petites choses de la mer et lui a su me redonner confiance en la vie. Ton père a su m'écouter, partager mes secrets et me suivre, même sur les sentiers difficiles... C'était un type bien, Kevin...

Au seul nom de Kevin, la gorge d'Arthur se serra ; son père lui manquait tellement ! Dans ces moments-là, il se reprochait de n'avoir pas assez profité de sa présence, pas assez joué avec lui. Et jamais ce manque ne se comblerait. Une larme coula sur sa joue, aussi salée que l'eau de mer. Et cette larme coula sur son visage, jusqu'au moment où elle se détacha pour tomber dans l'eau...

Arthur vit cette larme tomber au ralenti et son impact eut un effet spectaculaire : on aurait dit qu'un objet céleste tombait dans l'océan, provoquant des ondes circulaires, qui partaient de ce petit point pour se répandre dans les mers infinies... D'un seul coup, la surface redevint trouble et miroitante, Arthur ne distinguait plus le fond, ni l'étrange silhouette mouvante.

– Ça va ? lui demanda Zoé de loin.

Arthur sursauta sur sa planche : elle ramait à sa rencontre, suivie de Benji. La réalité lui revenait en plein visage.

– Tu as l'air bizarre ? demanda Zoé, les sourcils froncés. On dirait que tu viens de voir un fantôme !

Arthur la regarda, surpris. Une fois de plus, elle touchait juste !

– J'ai eu un flash, dit Arthur un peu gêné, soudain en sueur.

– Un flash ? demanda Zoé, comme dans ton rêve ?

– Oui, dit-il, soulagé qu'elle le comprenne à demi-mot. L'image d'une houle venue de loin, qui traverse les mers et se dirige par ici.

– Tu veux dire... *Une autre vague ?* demanda Benji qui s'était approché.

– Plus grosse encore, lâcha Arthur.

– Whaowh !

Zoé et Benji se regardèrent, interloqués. Cette vision d'Arthur ne les rassurait pas. À tout hasard, Zoé scruta le large pour voir si une houle anormale s'approchait d'eux. Rien ne gondolait l'horizon.

– Mais il ne faut pas avoir peur... continua Arthur.

— Là, je ne comprends pas, avoua Zoé incrédule. Tu nous parles de vagues encore plus grosses et après tu dis qu'il ne faut pas avoir peur ?

— Oui, c'est ça, répondit Arthur encore secoué par ce qu'il venait de vivre, car le Gouf va nous protéger.

— Ho, cousin ! Tu es sûr que tu n'as pas une insolation ? lança Benji.

— Le Gouf ? demanda Zoé intriguée.

— Oui, souffla Arthur, il est tellement profond...

— Bon, allez, on rentre ? proposa Benji qui n'était plus si rassuré de l'entendre tenir des propos décousus.

— OK, lança Zoé pleine d'entrain, on rentre, mais on fait la course !

Les garçons se regardèrent, se défiant l'un l'autre avec un sourire. Déjà Zoé démarrait en riant, ramant avec énergie vers la plage. Benji s'y mit à son tour et Arthur décida de « jouer le jeu », comme le lui avait conseillé Bud. Il s'installa à genoux, se stabilisa et se mit à ramer de plus en plus fort, comme Zoé le lui avait expliqué. Les deux autres filaient devant lui, mais il sentait qu'il avait le pouvoir de les rattraper, d'aller plus vite ! Peut-être Arthur ne connaissait-il pas les vagues du golfe de Gascogne, mais il avait bien pratiqué la Méditerranée, une mer parfois capricieuse et dangereuse, en compagnie de son père.

En cet instant, Arthur se sentait investi d'une force étrange, ne doutant plus de la présence de Bud à ses côtés, ce sauveteur discret qui n'hésitait pas à se lancer dans des mers déchaînées pour venir en aide aux nageurs en difficulté. Au creux de son oreille, il lui sembla même entendre le souffle de sa voix rythmant ses coups de rame.

En ramant de toutes ses forces, comme si sa vie en dépendait, Arthur évacuait aussi ses tensions et les milliers de questions qui assaillaient son esprit. Il se libérait de ses doutes, du chagrin, des vieilles peurs… Désireux de faire honneur à son père, il ramait à en perdre haleine, sans plus se soucier des deux autres, tout entier tendu vers la plage, telle la flèche qui fonce vers la cible. Arthur ne sentait plus ses épaules, ni ses bras qui semblaient ramer d'eux-mêmes, dans un rythme huilé et cadencé. À force d'accélérer le mouvement, il s'imagina qu'il devenait un cygne battant des ailes à la surface de l'eau pour chercher à s'envoler…

Au moment où son paddle toucha enfin le sable du bord, il fut accueilli par des salves de joie et des sifflements. Un groupe de sauveteurs avait suivi la course depuis la plage et le fulgurant retour d'Arthur n'était pas passé inaperçu.

– Eh ben dis donc, toi, quand tu t'y mets, tu y vas ! dit Flapy avec son sourire réjoui.

– La mer toute plate a dû lui rappeler la Méditerranée, commenta Bastien moqueur.

Arthur sortit de l'eau et vit arriver Zoé derrière lui, essoufflée mais ravie. Benji, qui avait renoncé à les rattraper, suivait sans plus se presser.

– Tu t'es pris pour une fusée, ma parole ! dit Zoé haletante.

– Non, j'ai senti que je pouvais le faire, c'est tout… répondit Arthur.

Benji, lui, ne parla que du poisson-lune, dont il avait réussi à toucher la peau rugueuse et aussi dure que du cuir. Mais sur la plage, la plupart des sauveteurs n'avaient qu'un sujet de conversation aux lèvres : fallait-il rester sur place ou évacuer le front de mer, au cas où d'autres vagues arriveraient ? Chacun y allait de son avis et les esprits s'échauffaient. Pourtant, la peur d'une vague géante paraissait décalée face à l'océan si calme.

– La météo est devenue folle, déclarait l'un.

– En même temps, il y a toujours eu de grandes catastrophes climatiques sur Terre, répliquait l'autre.

– Vous savez, il a suffi de la chute d'une météorite dans l'océan, au large du Mexique, pour provoquer l'extinction des dinosaures, continua Léon, le vieux sauveteur.

– Et en plus, surenchérit Bastien, le fond des océans est tapissé de volcans, alors dès que ça bouge là-dessous, ça provoque des tsunamis…

– Oui, mais ce qui se passe aujourd'hui est d'une autre nature, répliqua Marion : ce sont nos activités humaines qui provoquent les désordres climatiques. Et pendant ce temps, la banquise fond et se casse en morceaux…

– Des morceaux gros comme des montagnes, souffla Zoé.

– Ça veut dire qu'il y aura d'autres vagues comme la nuit dernière, lâcha Flapy soucieux.

Tous se mirent à parler en même temps. Zoé en profita pour s'approcher d'Arthur et lui souffler à l'oreille :

– Tu crois pas que tu devrais leur dire, pour cette vague que tu as vue ?

– J'aurais l'air ridicule... Si j'ai raison, tout le monde me trouvera bizarre et, si je me trompe, on se moquera de moi.

Benji s'approcha à son tour pour convaincre son cousin.

– Allez, dis-leur ce que tu as senti tout à l'heure.

– Non, Ben, répliqua Arthur avec fermeté. Pour l'instant, je vous demande de ne pas en parler. Soyez sympas.

Benji haussa les épaules avant de soupirer qu'il ne dirait rien ; Zoé se contenta de lui poser la main sur le poignet et de lui sourire en le regardant droit dans les yeux.

7
Une voix dans la mer

Encore chamboulés, les deux cousins revenaient de la plage.

– Je ne sais plus ce que je dois penser, avoua Benji. D'un côté tu nous dis qu'une vague énorme arrive et de l'autre tu refuses d'en parler. Tu sais que tu sauverais peut-être des vies en le disant. Y as-tu seulement pensé ?

Arthur soupira en grimpant le chemin qui menait à la maison.

– Bien sûr que j'y pense, qu'est-ce que tu crois ? En même temps, je ne suis pas sûr qu'il va vraiment se passer quelque chose, tu comprends ? Ce n'est pas parce que j'ai fait un rêve prémonitoire que tout ce que je dis va se produire !

– Et à mon père ? demanda Benji. On lui dit ?

– Je ne sais pas, Ben. Imagine la réaction de Barb ! Laisse-moi réfléchir un peu.

– Tu ne crois pas que Zoé risque d'en parler à sa sœur ?

– *Zoé ?*

Arthur sentit une bouffée de chaleur monter en lui.

– J'ai confiance en elle à cent pour cent.

Lorsqu'ils arrivèrent au Ranch, une ambiance électrique régnait dans la maison. Barbara allait et venait en glapissant, lançant des phrases incompréhensibles d'un ton ulcéré. Elle finissait de faire ses valises et courait, telle une tornade en furie, d'une pièce à l'autre, pour récolter un vêtement ou un bijou oublié.

– J'accompagne Barbara à l'aéroport et je reviens… souffla Joël, laissant planer un silence sur cette phrase lourde de sous-entendus, puis il enchaîna à l'intention des garçons : J'aimerais vous trouver ici à mon retour. Occupez-vous des chiots et surtout, répondez bien au téléphone, j'ai mis des annonces partout pour essayer de retrouver Pépète…

Joël avait prononcé les derniers mots avec tristesse, comme s'il savait qu'il restait peu d'espoir de retrouver la chienne vivante.

Barbara continua à tournoyer dans la maison jusqu'au moment où Joël lui précisa qu'ils risquaient de rater l'avion. Ils s'engouffrèrent dans la voiture après que Barbara eut gratifié les garçons d'un « au revoir » froid et livide. Lorsque la voiture eut disparu, Benji et Arthur se tournèrent l'un vers l'autre avec un sourire complice puis se tapèrent dans la main pour exprimer leur joie. Sans Barbara, la maison retrouvait d'un seul coup son calme et l'aspect décontracté propre aux vacances. Les deux garçons passèrent une partie du temps en compagnie des chiots, qu'ils emmenèrent en promenade dans le jardin. Les petits animaux piaillaient à fendre les oreilles. Tout en se laissant mordiller la main par Fifi, son préféré, couleur chocolat, Benji se confia à son cousin :

– Je suis inquiet pour Pépète, j'ai l'impression qu'on ne la retrouvera pas. Tu sais, en fait je pense qu'elle a été emportée par la vague de la nuit dernière. Elle partait souvent en vadrouille sur la plage…

– Ou alors elle s'est peut-être transformée en marsouin, lança Arthur, lui-même étonné par ses propres paroles.

– Tu as de drôles d'idées, toi !

Benji se redressa et le regarda sérieusement :

– Maintenant qu'on est tranquilles, dis-moi ce que tu as vu, tout à l'heure, pendant que Zoé et moi on ramait à la poursuite du poisson-lune.

– C'est difficile à décrire, tu sais. C'est un peu comme un rêve, mais on reste éveillé. Par moments je me dis que ce sont peut-être des délires à l'intérieur de mon cerveau ?

– Ce sont des images ? insista Benji qui cherchait à comprendre.

– Pas seulement, avoua Arthur.

Soudain il ressentit le besoin de partager ce qu'il vivait avec son cousin.

– Mais quoi, alors ? Des voix, comme Jeanne d'Arc ?

Benji souriait, incrédule.

– Pas *des* voix, Benji, mais *une* voix. Oui, je l'ai entendue dans les vagues. Pourtant personne n'est visible lorsque ça se produit.

– Alors c'est un fantôme ? demanda Benji tout excité.

Arthur fronça les sourcils; il n'avait pas songé à Bud en ces termes de « fantôme » ; pourtant il y avait du vrai.

– Appelle-le comme tu veux, rétorqua Arthur, en tout cas il m'a bien aidé dans les vagues.

Benji se redressa, stupéfait.

– Attends, tu es en train de me dire sérieusement que tu as entendu une voix dans les vagues, alors qu'il n'y avait personne autour de toi ?

Devant la stupéfaction de son cousin, Arthur se renfrogna, n'osant pas en dire plus.

– Euh… Tu as raison, j'ai dû avoir des hallucinations acoustiques !

– Mais non, je n'ai pas dit ça, Arthur.

Benji s'adoucit et lui posa une main sur l'épaule.

– Écoute : je te crois. Je te connais bien, je sais que tu n'es pas mythomane ! Alors raconte-moi tout, je te promets que je n'en parlerai à personne.

– Eh bien...

Malgré la bonne volonté de son cousin, Arthur hésitait à se lancer dans cette extravagante confession ; il décida de se livrer par petites touches.

– Je l'entends quand je suis dans l'eau et quand je suis seul. La voix s'adresse à moi, elle me connaît bien, très bien, même...

– Tu crois que c'est la voix de ta conscience, comme Jiminy Cricket dans *Pinocchio* ?

– Non, Ben, ce n'est pas ma conscience, c'est vraiment quelqu'un d'autre...

– Comment le sais-tu ?

– Parce que cette voix sait des choses, elle me parle d'un temps que je ne connais pas. Elle m'a même parlé de... mon père !

Arthur regarda son cousin dans les yeux, pour lui faire sentir qu'il ne plaisantait pas.

– *La voix te parle de Kevin ?*

Benji était de plus en plus sidéré.

– Oui, tous les deux étaient très amis, ils se connaissaient bien.

Benji ouvrait des yeux grands comme des soucoupes.

– C'est la voix de Bud, lâcha finalement Arthur.

– *Bud* ? L'Homme des vagues, le fameux Australien ?

– Oui.

– Mais tu rigoles ? Mon père m'a dit qu'il était... mort !

Malgré lui, Benji faisait « non » de la tête, comme s'il ne parvenait pas à croire ce qu'il venait d'entendre.

– Oui, moi aussi on m'a dit qu'il était mort, répliqua Arthur. N'empêche que je l'entends clairement ! Bud m'a même raconté que ça lui arrivait encore de sauver des gens de la noyade, juste en leur parlant, en les calmant, en les guidant…

– Ça alors ! s'exclama Benji, tu ne le sais sûrement pas, mais c'est une histoire qu'on raconte ici depuis des années, « le Fantôme des plages »…

– Le fantôme des plages ?

– C'est comme un sauveteur invisible, ça ressemble drôlement à ton histoire. Il y a eu plusieurs témoignages de nageurs racontant tous la même chose : alors qu'ils sont perdus dans les vagues ou pris dans le courant, ils croient entendre la voix d'un sauveteur qui les guide ; ils s'en sortent grâce à lui, sans jamais réussir à le voir…

– C'est exactement ça ! s'enthousiasma Arthur. Et c'est cette voix qui m'a parlé pendant que vous étiez avec le poisson-lune… Voilà, tu sais tout.

– C'est incroyable ! Alors tu aurais parlé avec le Fantôme des plages ! Tu es un sacré numéro !

Benji remuait la tête, tentant d'assimiler cette information. Il ne savait s'il devait croire son cousin ou mettre cela sur le compte de ses fantaisies ? Mais son histoire coïncidait vraiment avec celle du Fantôme des plages. Bien sûr, il pouvait en avoir entendu parler et imaginé le reste. Mais s'il disait la vérité, alors cela signifiait aussi qu'une vague géante risquait de bientôt déferler sur la côte...

— Je ne sais vraiment plus si je dois te croire, souffla Benji.

— Je te comprends ! plaisanta Arthur. Franchement, c'est plus simple de ne pas me croire, Benji. Je me suis aussi demandé si je n'inventais pas tout ça moi-même ?... Mais j'entends encore la voix de Bud, avec son drôle d'accent : «... une vague va venir, plus puissante que les autres... » Il a même prononcé le nom de cette vague : *Eloola*.

— Un nom de vague ?... commenta Benji de plus en plus déconcerté.

— Il m'a aussi dit de ne pas avoir peur car « le Gouf vous protégera ».

— Et il t'a dit beaucoup de choses encore ?

— Oui, répondit Arthur : que la mer était un jeu, qu'avec elle, il fallait toujours anticiper, ne pas se détourner d'elle...

— Whaoh ! Arthur, ton histoire est complètement dingue !

Benji se prit la tête dans les mains.

— Je n'y comprends plus rien, souffla-t-il. Mon cousin parle avec les fantômes...

— Pas *les* fantômes, Ben, LE fantôme !

— Le fantôme de Bud...

— Le Fantôme des plages...

Le père de Benji rentra en fin d'après-midi, passablement énervé. L'avion de Barbara avait décollé avec deux heures de retard. Joël fut attristé d'apprendre qu'on restait sans nouvelles de Pépète ; il passa voir les chiots avec les garçons. En revenant de l'aéroport, il avait acheté de nouveaux biberons et une formule spéciale pour les chiots. Chacun en prit un sur ses genoux : Arthur nourrit Loulou, Benji s'appropria Fifi, et son père, n'ayant plus le choix, s'occupa de Riri. Ils formaient un adorable tableau, tous trois assis par terre dans le garage, chacun tenant un chiot sur son giron pour lui donner le biberon en essayant de ne pas répandre partout le lait vitaminé.

Tandis qu'ils nourrissaient les chiots, Joël expliqua aux garçons qu'ils ne pourraient peut-être pas

rester au Ranch si les vagues menaçaient de revenir. Une réunion publique était prévue dès demain matin pour faire le point. Les uns s'enfuyaient, les autres appelaient au calme, soucieux de ne pas effaroucher les touristes. Lorsqu'il eut fait le tour de la situation avec eux, Joël ajouta, souriant :

– Et j'ai gardé le meilleur pour la fin : j'ai eu les parents de Marion au téléphone. Tout le monde a besoin de se remonter le moral et on s'est dit qu'une petite veillée sur la plage, avec feu de bois et brochettes, ne ferait de mal à personne. Qu'est-ce que vous en pensez ?

– Génial ! s'exclama Arthur avec entrain, pensant beaucoup plus à Zoé qu'au feu de bois ou aux brochettes...

– Mais ce n'est pas dangereux, avec les vagues ? demanda Benji, hésitant, se souvenant des prédictions d'Arthur.

Joël posa une main protectrice sur l'épaule de son fils.

– Ne t'inquiète pas, Ben, car Noah sera là, lui aussi.

– Noah ? Trop cool !

Benji se tourna vers son cousin pour lui expliquer :

– Noah c'est un ami de papa, c'est un océanographe américain, c'est l'un des meilleurs du monde, il a eu le prix Nobel...

– Mais non, mais non, pas le Nobel, Benji, tu exagères toujours...

– Enfin presque. Même sur la plage, il se promène avec un ordi relié à tous les satellites possibles; il peut voir la houle dans le monde entier.

Joël continua d'expliquer pour les rassurer:

– Noah est en liaison avec les houlographes de l'Atlantique nord en temps réel. Si jamais une houle suspecte s'approchait, nous le saurions grâce à lui avec plusieurs heures d'avance... Comme ça on va pouvoir profiter de la soirée!

– Mais on ne peut pas laisser Riri, Fifi et Loulou tout seuls, dit Arthur.

Joël fronça les sourcils et se mit à réfléchir, puis, sa décision prise, il répondit en souriant:

– Tu as raison. Eh bien on n'a qu'à les emmener aussi, il n'y a pas de raison qu'ils ne participent pas à la fête! On les mettra dans un carton avec des couvertures. Je suis sûr qu'ils vont avoir un succès fou!

De son côté, Zoé en était à son neuvième coup de fil, espérant aider Benji et Arthur à retrouver Pépète. Elle partageait leur inquiétude et puis elle aurait tant voulu faire plaisir à ce jeune homme pas comme les autres, soulager sa tristesse... Malgré ses appels aux amis, aux voisins, Zoé ne parvenait pas, elle non plus, à retrouver la trace de la chienne. Personne ne semblait l'avoir vue. Personne sauf... Bastien, qui avait laissé planer un doute. Mais Zoé savait qu'il cherchait à se rendre intéressant à ses yeux.

À ses yeux pourtant, Bastien n'était qu'un taurillon sans cervelle, alors que Zoé voyait en Arthur un félin, souple et sensible. Arthur… Elle n'avait pas l'habitude d'être comprise au quart de tour, d'un seul mot, d'un seul regard. Et puis Zoé était convaincue qu'Arthur possédait un vrai sens aquatique, même s'il n'était pas habitué aux vagues. En s'entraînant, il pourrait sûrement devenir un bon surfeur… Mais pour l'instant, songea Zoé le cœur gros, l'urgence était de retrouver Pépète et la seule piste dont elle disposait, c'était Bastien…

Et Bastien, lui, ne jouait pas franc-jeu. Il avait décidé d'utiliser les circonstances pour se rapprocher de cette fille qui lui résistait depuis si longtemps, alors qu'elle semblait prête à craquer pour le premier venu. Arthur, le Parisien pâlichon, l'agaçait, avec ses faux airs de poète. Bastien savait bien que Zoé cherchait à retrouver Pépète pour plaire à ce garçon, mais il avait l'espoir que, s'il la retrouvait, Zoé l'admirerait. Or, Bastien savait exactement où se trouvait la chienne.

Tout avait commencé par une blague stupide chez Nick, un ami de Bastien qui habitait dans la villa familiale, sur une colline isolée des hauteurs d'Hossegor. Profitant du fait que leurs parents étaient en voyage aux États-Unis, Nick et sa sœur donnaient de petites fêtes entre amis dans la belle propriété. Ce soir-là, ils eurent la visite de Pépète en vadrouille, attirée par le fumet de viande grillée en provenance du barbecue. Au début, la chienne fut la mascotte de la soirée. Tous la caressaient et lui tendaient des bouts de viande ; elle était à la fête. Mais plus tard la fête tourna au vinaigre lorsqu'un ami de Nick et de Bastien eut la stupide idée de verser de l'alcool dans un reste de mousse au chocolat qu'il donna à la chienne. Après avoir tout absorbé, la pauvre Pépète se mit à déambuler en zigzaguant et disparut dans les buissons.

Désorientée, malade, la chienne était allée se terrer loin des regards dans un massif d'hortensias où elle s'était effondrée, inconsciente. Tous l'avaient oubliée, la croyant rentrée chez elle. Le lendemain matin, Nick et sa sœur partirent pour plusieurs jours chez leurs grands-parents à Bordeaux, fermant la maison et le portail derrière eux. La propriété et son vaste jardin étaient entourés de hautes palissades en bois.

Lorsque Pépète sortit de l'inconscience provoquée par l'alcool, elle ne trouva plus personne dans les parages. Sa reprise de contact avec la réalité fut difficile, car elle ne tenait pas bien debout ; son sens de l'équilibre était altéré. Le sol se dérobait sous ses pattes et sa vision était floue. Elle dut s'arrêter et s'asseoir à plusieurs reprises dans le jardin pour se recentrer et ne pas tomber… Mais elle était toujours poussée en avant par le souvenir de ses trois chiots tout juste sortis de son ventre, qui devaient

la réclamer à cor et à cri. Elle sentait le lait affluer dans ses mamelles. Mais Pépète n'était pas très vaillante ; où qu'elle aille, elle se cognait à un mur ou une porte.

C'est en faisant du VTT près de chez Nick, deux jours plus tard, que Bastien l'avait entendue aboyer. Ainsi Pépète s'était laissé enfermer sans que personne s'en rende compte ! La propriété était isolée. Il pourrait s'écouler du temps avant que quelqu'un ne la repère. Bastien allait la libérer de suite, lorsqu'une idée tordue germa dans son esprit et il décida de la garder captive. Discrètement il lui fit passer des croquettes et de l'eau sous la palissade. Ensuite il fit savoir à Zoé qu'il l'avait peut-être aperçue, se doutant bien que l'information la ramènerait vers lui.

Zoé savait où le trouver : un groupe de volontaires ramassait du bois sur la plage pour le feu du soir. Bastien avait ficelé ensemble des planches et des branchages charriés par la mer, et il transportait l'encombrant fagot sans effort sur son épaule de rugbyman. Cela le faisait ressembler à un montagnard trapu aux sourcils épais. Un large sourire l'illumina lorsqu'il vit Zoé venir vers lui ; son stratagème avait donc marché. Du moins jusque-là…

– Ça me fait trop plaisir de te voir, Zoé !

Il lui sourit chaleureusement.

– Ouais, répondit-elle sans lui rendre son sourire… En fait, j'essaie surtout d'aider à retrouver Pépète.

– Je vois ça, dit-il sans expression.

Un malaise passa entre eux. Bastien aurait voulu la séduire, l'attendrir, mais il ne savait pas s'y prendre et très vite sa jalousie naturelle refluait. Zoé finit par lui poser la question sans ambages :

– Alors, tu l'as vue ou tu ne l'as pas vue ?

– Est-ce que j'ai vu qui ? demanda Bastien faisant l'idiot.

– *Pépète !* insista Zoé, crispée par son caractère obtus.

– Ah, Pépète est gentille, elle, en tout cas. Ça se pourrait bien que je l'aie vue passer…

– Mais à quoi tu joues, Bastien ?

– Je ne joue pas, Zoé, répondit-il sérieusement. Puis, la regardant :

– Si je t'aidais à la retrouver, tu serais… fière de moi ?

Zoé le regarda en fronçant les sourcils.

– Tu ne penses donc qu'à toi ?

– Et toi, Zoé, à qui tu penses ? Aux chiens perdus ou à ton petit Parisien ?

Elle secoua la tête et s'efforça de ne pas répondre à des phrases si mesquines.

– Si tu peux aider, fais-le au moins pour les chiots !

– Quels chiots ? demanda Bastien déstabilisé.

– Eh bien, les trois chiots de Pépète. Ils viennent juste de naître et ils sont déjà privés de leur mère !

La nouvelle parut choquer Bastien, car il n'était pas au courant. Il s'assombrit, soudain perdu dans ses pensées, comme si cette information changeait la donne. En cet instant, il comprit qu'il lui faudrait rapidement libérer Pépète, mais il voulait quand même tirer parti de la situation. Avant de repartir, il lança :

– Tu sais, Zoé, je pourrais faire beaucoup de choses pour toi…

Elle le regarda s'éloigner sans comprendre. S'agissait-il d'une promesse ou d'une menace ?

8
Enfance d'une vague

Bud écoute. Il est perché sur un pied au sommet d'une vertigineuse colonne dressée face à l'immensité abyssale du Gouf. Le Fantôme des plages est aussi un guetteur. Il doit protéger le fils de Kevin et pour cela il lui faut ouvrir l'œil et le bon ! Bud écoute grandir cette vague nommée Eloola, qui gambade joyeusement à travers l'océan…

… Elle va, roule et bondit sur les longues plaines océanes. Des brises chaudes et froides se succèdent, puis un vent de tempête survient et décoiffe Eloola ; son dos montagneux s'effiloche en panaches blancs. Sous l'action des rafales, la jeune houle déferle quelques instants en jupons de dentelle, avant de redevenir une lame de haute mer. C'est amusant, grisant, de sentir dégouliner l'écume sur ses flancs ; ces chatouilles la font rire.

Devant elle, un voilier brave la tempête ; il a baissé ses voiles et fait face aux vagues. Pour éviter de trop le bousculer, Eloola s'efforce de refréner ses ardeurs. Elle a juste le temps d'apercevoir trois minuscules humains en cirés jaunes sur le pont. En passant sur la petite embarcation, ses flots d'écume couchent le voilier sur le flanc et son mât touche l'eau. Les hommes crient. Déjà Eloola s'éloigne et le voilier se remet d'aplomb, redressé par le poids de sa quille. Tous sont sains et saufs.

Ouf ! Elle ne voulait surtout pas leur faire de mal. Eloola aimerait juste s'amuser un peu, cavaler, faire le gros dos, entraîner dans son sillage dauphins, espadons, sardines, tout un monde étincelant de vie. Elle sent encore vibrer en elle l'impétuosité de la jeunesse, mais avec déjà un brin de sagesse et un brin de folie, comme souvent à l'adolescence. Sa force grandit ; cela l'exalte. Eloola voudrait partir à l'assaut de hauts-fonds, voir à quoi elle ressemblerait si elle devenait une vraie vague… Mais il est trop tôt. Pour l'instant elle taille sa route pélagique à travers le vaste océan…

Dans le cylindre fluide de ses eaux en mouvement, elle brasse des myriades de diatomées, planctons, crustacés minuscules, qui constituent la matière vivante de l'océan. Comme les cellules d'un corps.

Eloola est à la fois triste et heureuse. Triste de se précipiter vers sa propre fin et heureuse de vivre, de s'emplir de toutes les merveilles contenues dans la mémoire océane, qui circulent pêle-mêle depuis le commencement des temps. Plus elle se fond dans le grand bleu, plus la jeune houle mesure l'immensité de ce monde liquide. En route vers le sud, une baleine à bosse la rejoint, se laisse porter par elle pendant un long jour et une courte nuit, l'émerveillant avec ses chants de sirène. Eloola voudrait continuer à rouler sur l'horizon longtemps encore, pour mieux apprendre, mieux comprendre l'âme de la mer, mais elle sait que là-bas, un vaste plateau continental remonte des abysses, annonçant le rivage, cet endroit où la mer s'efface et où les vagues se fracassent avant de disparaître. Elle se console en écoutant les mélopées de la baleine…

… Pour mieux déchiffrer le chant de baleine, Bud est descendu à 3 000 mètres au fond du Gouf, dans un amphithéâtre naturel où l'acoustique est

excellente. Il connaît cette jubarte aux longues nageoires blanches, grande voyageuse et diva des profondeurs. Sa mélodie lancinante vient de loin et résonne en échos mélodieux contre les parois du canyon. Elle aussi parle d'une vague venue du pôle…

L'Homme des vagues, alias le Fantôme des plages, s'étire pour mieux se préparer à l'action. Il joue avec des poissons phosphorescents de passage et les allume les uns après les autres, puis il écoute les borborygmes des profondeurs abyssales. En tendant l'oreille, au milieu de son amphithéâtre, Bud finit par discerner la vibration particulière qui annonce Eloola. Elle est encore loin, mais déjà très longue ; elle n'a pas encore accéléré son cours et vogue avec l'insouciance des jeunes houles vers les rivages de sa destinée.

9
Bain de minuit

Tandis que le soleil rougeoyant finissait de se dissoudre dans l'océan, un groupe d'amis entourait le feu crépitant. Une petite estrade, une table et un auvent avaient été installés afin que Noah puisse continuer à recevoir des données en temps réel sur son ordinateur. Pour l'heure, le géant barbu et jovial se tenait debout face au feu et tous l'écoutaient attentivement. Dans la lueur dansante des flammes, l'océanographe ressemblait au grand sorcier de la soirée, l'ordinateur portable ouvert sur son ventre imposant, retenu par une sangle autour de son cou de taureau.

Braises et flammèches se reflétaient dans les verres de ses lunettes rondes pendant que Noah faisait défiler des données sur son écran. Une grappe d'admirateurs l'entourait, suivant avec lui les informations qui défilaient. Noah aimait expliquer sa passion aux autres, jeunes ou vieux ; c'était un pédagogue-né, un génie toujours désireux de mettre sa science au service de la communauté. Ses connaissances et ses compétences lui permettaient d'effectuer des prévisions de houle pointues et les surfeurs le consultaient régulièrement ; il avait promis à ses amis de participer à la soirée sur la plage pour s'assurer qu'ils ne couraient aucun danger.

Noah prenait son rôle à cœur, se comparant volontiers à la « vigie » de la marine à voile, veillant au sommet des mâts pour détecter les hauts-fonds. Un jeune surfeur d'à peine sept ans se pendit à son bras en sautillant pour essayer d'apercevoir l'écran. Noah le souleva un instant pour qu'il puisse mieux regarder, puis le reposa gentiment. Le clavier de l'ordinateur était étanche. L'homme pianota une série de codes et relut le résultat des données avant de s'adresser à tous, tel un patriarche, d'une voix triomphale :

– J'ai consulté les satellites, les houlographes, les sismographes, les stations météo et la réponse est : vous pouvez dîner tranquilles, les amis ! Il n'y a pas l'ombre d'une houle suspecte à l'horizon ! clama-t-il, face aux flammes dansantes. Bon appétit !

Certains poussèrent des cris de joie, d'autres applaudirent. Tous avaient confiance en ce chercheur de haute stature aussi savant qu'aimable, qui aimait boire et manger. En entendant les prévisions de l'océanographe, Arthur, soulagé, commença à se détendre. Peut-être n'y aurait-il plus de vague géante ?

Près du feu, le père de Benji buvait un verre en compagnie de ses copains surfeurs et pêcheurs. Il semblait tellement plus libre et détendu, à présent que Barbara n'était plus là pour le tenir en laisse. Tous parlaient encore de vagues géantes, de montée des eaux, de l'avenir incertain de la planète face aux désordres climatiques. Un petit attroupement s'était formé autour du carton dans lequel Joël avait apporté les chiots. Tout le monde voulait les voir, les caresser, les tenir, et on se les passait de mains en mains ; les enfants les manipulaient un peu comme des jouets. Joël y remettait alors bon ordre, regroupant quelques instants les trois chiots dans le carton, sur la couverture qui portait encore l'odeur de leur mère disparue. Riri, Fifi et Loulou étaient en effet les vedettes de la soirée et plusieurs amis ou voisins avaient déjà proposé à Joël de les adopter. Il leur rappelait alors que la priorité, pour l'instant, était de retrouver Pépète.

Personne ne remarqua que Bastien profitait de l'animation pour s'éclipser discrètement. De son côté, Arthur n'avait d'yeux que pour Zoé, sa « petite fée », comme l'avait appelée Bud. Tous deux s'étaient retrouvés les yeux brillants ; Zoé l'avait embrassé avant de lui lancer :

– Alors, ta fameuse vague, elle est pour aujourd'hui ou pour demain ?

—Ou pour jamais, j'espère ! répondit Arthur en haussant les épaules.

—Moi, tant que Noah est là, souffla Zoé, je me sens rassurée. S'il y a de la houle, il le saura, tu peux en être sûr. En attendant, que la fête commence !

Zoé sautillait sur place avec des expressions tendres et farouches, sauvageonne aux pieds nus dansant sur le sable. Une ambiance particulière flottait dans l'air ce soir-là ; l'excitation était palpable. Un musicien grattait sa guitare tandis qu'une jeune femme dansait devant les flammes ; près des braises, les hommes s'occupaient des brochettes.

Les conversations allaient bon train ; la situation était sans précédent.

Noah s'assit à la table qu'on lui avait préparée. Il installa l'ordi allumé de façon à voir l'écran, même en mangeant. Plusieurs convives l'entouraient, le questionnaient sur ces vagues menaçantes. Noah se voulait rassurant, tout en admettant qu'il fallait demeurer vigilant.

Arthur et Zoé saluèrent quelques amis avant de descendre vers la mer obscure, quelques mètres plus bas. Tous deux se sentaient liés par l'océan ; le ressac les attirait tel un aimant. C'est au bord de l'eau qu'ils retrouvaient leur étrange intimité. Ils partageaient un secret scellé par les embruns et les événements semblaient les précipiter l'un vers l'autre.

– J'aime les vagues la nuit, dit Zoé en chuchotant.

Dans la pénombre, des vagues paresseuses déferlaient doucement. L'écume phosphorescente cascadait, puis disparaissait dans l'obscurité. L'océan calme respirait avec régularité, tel un gigantesque dormeur. Ils marchèrent sans rien dire sur le sable humide. Après un moment, Arthur demanda :

– Dis-moi, Zoé : as-tu entendu parler d'une légende à propos d'un homme qui sauve des nageurs mais qu'on ne voit jamais ?

– L'histoire du Fantôme des plages ? Benji essaye de te faire peur, ou quoi ?

— Mais non, ça m'intéresse… souffla Arthur incertain.

— Oui, avoua Zoé, on a tous entendu parler d'histoires de nageurs soi-disant sauvés par une voix qui les guide à travers vagues et courants. L'été dernier, une dame américaine dit même avoir été secourue par une voix d'homme parlant sa langue, mais elle n'a jamais pu voir son sauveur. Tout ça, comme tu dis, ce sont sans doute des légendes. Tu sais, quand les gens paniquent, ils s'imaginent des tas de choses… Mais pourquoi parles-tu de ça ?

— J'ai l'impression qu'il y a des coïncidences avec ce qu'a vécu mon père quand il était jeune, répondit Arthur. Son amitié avec Bud…

— Mais enfin, ils sont morts tous les deux, Arthur ! Je sais que c'est dur, mais tu dois t'y faire. Ne reste pas bloqué sur ton passé. Allez… Chiche qu'on prend un bain de minuit ?

Pour montrer qu'elle était sérieuse, Zoé commença à se dévêtir. L'été, elle gardait toujours un maillot sur elle, pour pouvoir se baigner à tout moment.

Le cœur d'Arthur se mit à battre plus vite. Dans l'obscurité, la mer prenait une dimension inquiétante. Il suivit l'exemple de Zoé sans se poser de questions. En trois pas, ils se retrouvèrent dans l'eau, qui paraissait curieusement tiède. C'était à la fois fou et amusant ; heureusement, les vagues étaient toutes petites.

– Viens voir, Arthur, je suis une magicienne !

S'approchant d'elle dans l'obscurité, il crut d'abord qu'elle voulait l'asperger. Mais un phénomène extraordinaire se déroulait sous leurs yeux : Zoé dessinait des traînées phosphorescentes à la surface de l'eau, créant des fontaines de lumière, des feux de Bengale, des aurores boréales, simplement en remuant l'eau de mer.

– Qu'est-ce que c'est ?

– C'est du plancton phosphorescent, des noctiluques, dit Zoé qui avait réponse à tout. Parfois la nuit, la mer en est recouverte et ça brille de partout, comme s'il s'agissait d'un ciel immense, rempli à ras bord d'étoiles et de constellations fluorescentes !

À son tour, Arthur s'amusa à remuer cette soupe de lumière. Comme la nature était belle et la mer généreuse…

– C'est tellement beau ! s'exclama Zoé en regardant la spirale lumineuse qu'il venait de dessiner.

Les mouvements des vagues les poussaient l'un contre l'autre ; l'eau était leur cocon. La peau de Zoé luisait dans le noir, elle était aussi gracieuse qu'une nymphe et son sourire perçait la nuit. Arthur se sentit follement attiré par elle. L'instant présent leur appartenait, une force magique les unissait. Au cours d'un moment de calme, ils se retrouvèrent face à face dans la pénombre mouvante. Zoé s'arrêta et le prit par le bras pour lui parler sérieusement.

– C'est drôle, tu sais, mais j'ai l'impression que tu comprends ma solitude parce que moi aussi je comprends la tienne, dit-elle d'une voix chaude. Je devine tes pensées… Toi et moi on se comprend…

– C'est vrai, reconnut-il.

Arthur avait la chair de poule et pourtant il bouillonnait à l'intérieur.

Zoé se mit à remuer l'eau à nouveau ; cette fois-ci, les millions de noctiluques phosphorescentes se regroupèrent à la surface en forme de cœur ! Le temps qu'il écarquille les yeux pour mieux voir, les organismes luminescents, remués par le ressac ou par une force invisible, adoptaient déjà une autre forme. On aurait dit un dessin animé qui prenait corps sous leurs yeux émerveillés. Cette fois, la forme oblongue évoquait un animal marin, un cétacé en train de nager. À moins qu'il s'agisse d'un nageur ? Oui, en regardant de plus près, deux bras et deux jambes se détachaient, faisant apparaître un homme-poisson qui leur faisait signe de le suivre sous la surface…

La magie de l'eau et de la nuit opérait, les deux adolescents savaient que tout cela n'était qu'un jeu. Et lorsqu'il s'agissait de jouer, Zoé n'était jamais la dernière ! Avant même qu'Arthur ait eu le temps de réagir, elle avait plongé sous l'eau noire avec enthousiasme. Il ne put que la suivre, en se remémorant les mots de Bud l'incitant à jouer avec l'océan… Zoé l'ensorcelait et Arthur sentait qu'en cet instant, tout devenait possible…

Sous l'eau, les phosphorescences continuaient curieusement à scintiller. Zoé nageait souplement ; Arthur crut même l'entendre glousser de rire. En un seul plouf, tous deux avaient pénétré dans les mystères du monde sous-marin, un univers assourdi mais peuplé de sons, ténèbres impénétrables illuminées de constellations.

Plus bas, vers les profondeurs, d'autres lumières clignotaient ; on aurait pu croire à une citadelle aux artères animées, avec des quartiers entiers vivant dans la nuit abyssale. Était-ce donc là que les entraînait ce mystérieux plongeur, vers une cité sous-marine ? L'Atlantide ? Arthur descendait de plus en plus profond à la suite de Zoé, sans ressentir ni la pression, ni le manque d'air. Tout était aussi simple que dans un rêve. Plus il descendait, plus les lueurs s'intensifiaient…

Il crut voir, sur le cratère d'un volcan éteint, tout un monde organisé. Une citadelle sous-marine, un dôme central sous lequel vivaient depuis longtemps des hommes et des femmes. Sur les flancs du volcan, des jardins en terrasses servaient à la culture. Ici on cultivait des algues, là on élevait des crabes ou des coquillages. Au coin des champs, des totems taillés dans la lave représentaient des divinités marines montant la garde. Était-ce une vision du futur ? Les mers allaient-elles monter et submerger les terres au point d'obliger les humains à redevenir des créatures aquatiques ?

Arthur revint d'un coup à la surface, se demandant s'il venait de rêver. Ces villes sous-marines n'étaient-elles que des visions dans son esprit ? Zoé émergea à son tour, un sourire lumineux aux lèvres.

– C'était beau, hein ?

– Oui, répondit Arthur sans très bien savoir de quoi elle parlait.

Avait-elle vu la même chose que lui ?

Bud a décidé de consulter son poisson-calcul. C'est un drôle d'animal, qui se gonfle lorsqu'il réfléchit, un peu comme les diodons qui se hérissent de piquants. Sauf que celui-ci n'a pas de piquants et qu'on ne le trouve que dans le Gouf. Le poisson-calcul est capable de calculer instantanément un nombre incroyable de choses. Il suffit de le questionner et la réponse émerge dans votre tête.

Bud voudrait savoir à quelle distance des terres se trouve cette houle qui s'approche. Mais pour pouvoir interroger ce poisson, encore faut-il le trouver, car il vit caché dans divers petits trous, ici et là dans un méandre du Gouf. Le Fantôme des plages n'est pas inquiet, il a un indicateur : un poisson lumineux qui sait toujours où il se trouve. Bud lui apporte une becquée de minuscules mille-pattes couleur sang dont il raffole et il n'a plus qu'à suivre la petite lumière jusqu'au poisson-calcul. Et à peine Bud s'est-il approché de lui que le poisson

s'est mis à gonfler, gonfler... Déjà le Fantôme des plages sent affluer des chiffres et des images dans son esprit...

... Eloola n'est plus une jeune houle, car elle a bien roulé sa bosse. Les latitudes défilent, les températures se réchauffent, les mers changent de goût ; ici l'eau fleure l'anchois, avec un arrière-goût de pétrole. À force de rouler toujours et toujours sur des milles et des milles, Eloola commence à savoir lire le fond de l'océan. Sa propre forme liquide se modifie en fonction des fonds qu'elle survole. Elle s'arrondit sur les montagnes sous-marines et se creuse sur les vallées, elle accélère sur les tombants et se réchauffe et gonfle sur la lave brûlante qui suinte des dorsales océaniques... Tout en roulant sur l'horizon, Eloola emmagasine des souvenirs, des saveurs, des moments particuliers, comme autant de merveilles composant la fresque inachevée de sa vie. Elle est pleine d'entrain, mais redoute d'arriver à destination...

Déjà elle enfle et ralentit son allure, tandis que les abysses cèdent la place aux plateaux en pente douce. À quoi donc peuvent ressembler ces fameuses « terres » ? se demande Eloola. Comment imaginer un lieu sans vagues, sans océans ? Sans eau, chacun sait qu'il n'y a pas de vie... Pourquoi alors les bipèdes humains choisiraient-ils de s'installer dans des endroits sans eau ?

Et que lui arrivera-t-il à elle, une fois qu'elle se précipitera à la rencontre des terres ? Une ombre plane sur Eloola tandis qu'elle survole des champs parsemés d'épaves d'hier et d'aujourd'hui : pirogues, galions, caravelles, bateaux de pêche, goélettes, voiliers, cargos, navires de guerre... Des escadres entières jonchent le fond des océans ; parmi ces vestiges engloutis, des squelettes dorment sur des tas d'or, dans le limon du tréfonds. Tempêtes, naufrages, piraterie, batailles navales, fortunes de mer, Eloola comprend que les drames de la mer ont été nombreux pour les humains qui s'y sont aventurés. Elle en pleure des larmes d'écume. Elle voudrait caresser le monde et non le bousculer comme ce voilier qu'elle a envoyé au tapis sans le faire exprès. Pourtant elle sait qu'elle se précipite vers les terres et que rien ne peut l'arrêter.

Cette fois le Fantôme des plages est bien réveillé. Les échos de la houle grondent dans le canyon et Bud sait que la vague s'approche et grossit au contact du plateau continental. Il faut passer à l'action... Bud a promis à Kevin de protéger son fils. Cette masse liquide qui roule vers eux pourrait causer beaucoup de dégâts. Alors Bud s'envole au-dessus des abysses, puis se love dans les sources réchauffées par le magma, il bondit par-dessus les fosses insondables, puis s'emplit des musiques océanes et, enfin, se met à danser...

Bud danse au fond du Gouf, virevolte sur un champ d'algues, effleure les bouquets de coraux avant de rebondir dans des nuages d'argile. Une danse effrénée dans laquelle il espère entraîner toutes les forces de la mer…

10
Un vent de panique

Noah ne se séparait pas souvent de son ordi, même pour déguster des brochettes sur la plage. La nuit était douce et l'ambiance détendue ; pourtant, tous demeuraient vigilants. Au bruit régulier du ressac, s'ajoutaient la musique des jeunes jouant de la guitare et les tambourinages du djembé près du feu. Noah se régalait ; il trouvait les brochettes si savoureuses qu'il n'avait plus regardé son écran depuis un bon moment… L'océanographe bedonnant était attablé avec deux amis sur l'estrade en bois ; à table, des verres, des assiettes, une lampe et l'ordinateur portable. C'est un simple « bip » qui l'alerta d'une activité anormale.

Du premier coup d'œil, Noah vit que quelque chose clochait, les données croisées des houlographes et des satellites semblaient devenues contradictoires. Il lâcha sa brochette, cessa de mâcher, s'essuya les mains, puis se mit à taper sur le clavier sans rien dire. Ses amis ne firent pas attention, car il agissait souvent ainsi. Pourtant, s'ils l'avaient regardé d'un peu plus près, ils auraient remarqué qu'il était devenu pâle et qu'il ne clignait plus des yeux. Noah venait de voir quelque chose d'effrayant sur son écran, mais il lui fallait effectuer des vérifications avant de semer la panique.

Bastien était troublé, car il pensait que Pépète serait contente d'être délivrée de la propriété où elle était enfermée, et donc qu'elle le suivrait volontiers vers la plage, mais la chienne se comportait bizarrement. En guise de laisse, Bastien avait trouvé une longueur de cordage se terminant par une boucle. Il voulait ramener Pépète sur la plage en sauveur devant tout le monde, de façon à briller aux yeux de Zoé.

Au début, Pépète avait accepté de marcher avec lui, mais plus ils s'approchaient de l'océan, plus elle semblait apeurée. L'atmosphère de la soirée était oppressante malgré le vent d'est. Au fur et à mesure qu'ils s'approchaient de la plage, Pépète résistait, tremblant de tous ses membres. Son comportement était imprévisible : un coup, elle avançait à vive allure vers la dune, tirant Bastien derrière elle comme si elle venait de déceler l'odeur de ses chiots, mais l'instant d'après, elle changeait d'avis, s'arrêtant net, effrayée, avant de repartir dans la direction opposée, les oreilles et la queue basses. Bastien devait alors la traîner par la laisse pour la faire avancer, ce qui ne lui plaisait guère.

– Mais enfin, qu'est-ce qui te prend, Pépète ? Tu ne veux donc pas retrouver tes petits ? Ton maître ? Tu es bête, ou quoi ? Puisque je te dis qu'ils sont tous là-bas ! s'énervait Bastien en lui montrant la dune, comme si la chienne pouvait comprendre chacun de ses mots.

Rien à faire, Pépète se ratatinait en tremblant et gémissant sur le sable, car son instinct lui disait de fuir face à l'immense force liquide qui grossissait derrière l'horizon…

– Mais de quoi as-tu peur comme ça ? lui demandait Bastien, s'énervant et la secouant par le collier, ne sachant plus trop que faire. Par moments, la chienne grondait de façon légèrement menaçante. Elle avait beau être gentille, Bastien n'en craignait pas moins sa mâchoire puissante.

Il tenta bien de la soulever en la prenant par la peau du cou, mais elle fit la morte et ils n'allèrent pas très loin. Bastien pestait. Tout ce bazar pour plaire à Zoé, qui se souciait de lui comme d'une guigne ! La colère de Bastien se reportait sur le pauvre animal et il lui parlait de plus en plus durement.

– Allez ! Avance, sale bestiole, ou je vais m'énerver…

Au sommet de la dune, les lueurs du feu irradiaient dans une nappe de brouillard, Bastien entendait des rires lointains, le rythme des percussions. Il aurait cent fois préféré se trouver là-bas avec ses amis et prenait conscience qu'il s'était flanqué dans une sacrée galère…

En sortant de leur bain de minuit lumineux, Arthur et Zoé se dirigèrent vers le feu pour se réchauffer. Une brume nocturne flottait sur la plage. Arthur rejoignit Benji près des chiots et Zoé entama une discussion avec les uns et les autres. Il fut question de Bastien. Personne ne savait où il était passé. Zoé fronçait les sourcils et l'on sentait que ses méninges carburaient. Au bout d'un moment, elle s'esquiva pour aller jeter un œil au parking situé au pied de la dune; Zoé se demandait si Bastien manigançait quelque chose.

Non loin du feu, près du carton des chiots, Arthur et Benji observaient trois petits garçons qui jouaient avec l'un d'eux, celui au pelage brun, dans le sable.

– Tu as vu ? Ils ont choisi Fifi ! dit Benji fièrement.

Arthur tenait Loulou, son favori, dans les bras, tout en lui caressant délicatement le dessus de la tête. Depuis un moment déjà, le joyeux trio d'enfants jouait avec Fifi. Leur jeu consistait à faire rouler une balle très légère entre eux : le chiot couleur chocolat courait maladroitement derrière, en effectuant de petits sauts hésitants, ses oreilles battant comme des ailes de papillon. Le chiot faisait beaucoup rire les enfants, qui ne se lassaient pas de le voir galoper après la balle, si légère qu'elle rebondissait en avant dès qu'il la touchait.

Soudain une rumeur monta et tous se rapprochèrent de l'estrade où était installé Noah. En sueur, l'océanographe continuait à taper sur son clavier, les yeux exorbités, littéralement glués à son écran, comme s'il avait du mal à croire ce qu'il voyait. Près de lui, plusieurs personnes parlaient à voix basse dans leur téléphone portable, il y avait de l'électricité dans l'air. Ceux qui étaient assis se levaient, essayant de comprendre ce qui se passait.

— Dis-nous la vérité, Noah, lança une femme d'un certain âge, la voix vibrante, devons-nous fuir ou pas ? Y a-t-il une vague qui arrive ?

— Oui, dis-nous, Noah ! insista Léon, l'ancien maître-nageur. Tu nous dois la vérité ! Il y a des femmes et des enfants sur cette plage…

Devant tant d'agitation, Noah se leva, les dominant tel un géant rond et barbu sur son estrade, mais il ne souriait pas et on le sentait gêné.

— Vous voulez la vérité ? Je la voudrais bien aussi ! Le problème, c'est que je reçois des données contradictoires. L'océan est calme sur une vaste zone du golfe, mais j'ai un houlographe qui aurait détecté quelque chose d'un peu bizarre. Une vague isolée, qui ne serait pas un tsunami…

— *UNE VAGUE ?*

– *UN TSUNAMI ??* crièrent plusieurs voix effrayées.

– Attendez ! Rien n'est sûr, je vous dis ! Les satellites n'ont encore rien détecté.

– Et dans combien de temps pourrait arriver cette vague isolée ? demanda Joël.

– Ce n'est pas facile à estimer, bredouilla Noah. Je n'arrive pas à cerner sa vitesse de déplacement ni son *fetch*. Tout semble irrégulier : sa taille, sa longueur d'onde, son amplitude... Je n'ai jamais vu ça, et pourtant j'en ai observé des vagues dans ma vie...

Tous se mirent à parler en même temps et l'on sentit monter un vent de panique. Ainsi Noah, le grand océanographe, évoquait la possibilité d'une vague se dirigeant sur eux !

– Les amis ! Restez calmes. Il n'y a rien de sûr, je vous l'ai dit, ajouta Noah, c'est peut-être simplement un bug dans l'ordi !

Mais un mouvement s'était créé et quelques familles choisirent de quitter la plage sans perdre de temps. La brume s'épaississait, estompant les contours. Joël hésitait, mais trouvait, lui aussi, le comportement de l'océanographe plutôt inquiétant : au lieu de rassurer ses amis avec sa bonhomie habituelle, Noah replongea sur son ordinateur en suant à grosses gouttes. Il fallait s'éloigner, songea Joël, prenant conscience de l'urgence, et mettre les garçons à l'abri !

– Benji ! Arthur !

Les deux garçons n'avaient pas prêté attention aux propos de Noah, tant ils étaient accaparés par les chiots. Lorsqu'ils entendirent la voix de Joël, ils surent tout de suite qu'il se passait quelque chose de grave et l'agitation générale leur sauta aux yeux.

– Il n'y a rien de sûr, expliqua Joël agité, mais Noah se demande si une vague n'est pas en train d'arriver sur nous !

Les deux garçons poussèrent un cri de surprise et se regardèrent, ahuris ; tous deux avaient la chair de poule et Benji ne put s'empêcher de lâcher :

– Arthur ! Tu vois, c'est *ta* vague !?

– Quoi ? demanda Joël soudain électrisé. Tu l'avais prévue aussi, celle-là ?

– Euh, oui et non… Je ne sais pas… Je ne suis pas sûr… bredouilla Arthur confus.

– Oh, dis donc, toi tu réponds un peu comme Noah, lança Joël soupçonneux. Ou comme quelqu'un qui n'ose pas dire la vérité pour ne pas faire peur aux autres… C'est ça ? Joël le regardait droit dans les yeux.

Arthur n'eut pas à répondre à cette embarrassante question, car Marion arriva, ennuyée.

– Vous savez où est Zoé ? Tu l'as vue, Arthur ?

– Oui, on était ensemble tout à l'heure et on est revenus près du feu. Peut-être qu'elle cherche Bastien ? demanda Arthur.

– Bastien ? rétorqua Marion. Pourquoi veux-tu

qu'elle le cherche, vu que d'habitude elle préfère l'éviter ?

— Mais enfin, qu'est-ce qui se passe, ici ? demanda Joël dépassé par les événements.

— Je suis inquiète, répondit Marion. En plus, je n'aime pas trop la tête que fait Noah, on dirait un médecin qui va annoncer une mauvaise nouvelle à son patient. Mes parents préfèrent qu'on aille passer la nuit dans les terres, chez un oncle de Seignosse, à tout hasard... Il ne faut peut-être pas trop traîner, mais on ne trouve pas Zoé. Et avec cette brume qui se lève, en plus...

– Zoé ?

Comprenant alors qu'elle avait disparu, Arthur fut traversé par une décharge électrique.

Au même moment, Benji poussa un cri :
– *Fifi !* Mais où est Fifi ?

La nuit noire et l'atmosphère dramatique de la brume rendaient la situation confuse. Le chiot couleur chocolat avec lequel jouaient les enfants un peu plus tôt avait bel et bien disparu, tout comme la balle d'ailleurs, et personne ne semblait l'avoir vu partir…

Or, la cause de cette disparition n'était autre que la brise d'est, qui poussait la balle vers la mer. Roulant

de plus en plus vite sur la pente naturelle de la plage, la balle avait entraîné le chiot qui courait joyeusement derrière, enivré par sa liberté nouvelle.

Lorsqu'elle n'était encore qu'une jeune houle, au début de son voyage, Eloola avait connu le plaisir de grossir sans entraves. Aujourd'hui, elle sent monter en elle une force nouvelle, qui évoque aussi la mélancolie, comme si le présent appartenait déjà un peu au souvenir. La houle n'est-elle donc rien d'autre qu'une vague en devenir ?

Au début de son existence, Eloola ouvrait grand ses bras aux merveilles et à l'immensité de l'océan. À présent que remonte le fond de la mer, sa puissance se concentre pour la faire grandir et grandir encore. Les côtes s'approchent, elles ne sont encore qu'un lointain halo orangé sur l'horizon. Elle qui s'est tant régalée du chant des baleines, du caquètement des bancs de crevettes, des craquements d'icebergs, la voilà maintenant assaillie par les ronflements mécaniques de la civilisation. Le monde vers lequel elle se dirige fait beaucoup de bruit ; ici la nature est souillée, parfois mutilée. Mais refusant de se laisser gagner par l'ombre, Eloola redouble d'enthousiasme à l'approche des côtes. Confiante dans les grands cycles de la vie, elle savoure pleinement chaque instant de cette éphémère existence. Ne pas gâcher le présent à cause de la fin future…

Mais au milieu du vacarme terrestre, Eloola perçoit autre chose... Percevoir, pour une vague, ne nécessite pas une paire d'oreilles. Il s'agirait plutôt d'un échange permanent avec le grand corps vivant de l'océan, à l'intérieur duquel tout circule éternellement, passé, présent, avenir...

Droit devant, là-bas, quelqu'un lui envoie un signal. Tel un phare ou une balise émettant fidèlement contre vents et marées un signal ténu, mais qui persiste... C'est beau ; Eloola aime ce qu'elle perçoit. Un chant profond ou, plutôt, une danse. Sous l'eau le moindre geste se répercute à l'infini. Et il y a un danseur là-bas, dans les profondeurs d'une vallée, qui mène une sacrée sarabande...

... Bud n'était déjà plus lui-même. Il savait que cette vague était différente, plus grosse que toutes celles qu'il avait connues auparavant. Eloola pouvait tuer d'une pichenette tous ces gens qui s'agitaient sur la dune et même bien au-delà ; elle pouvait balayer maisons et forêts, traverser des villes, se répandre dans les terres et remonter les fleuves... Mais Bud avait promis à Kevin qu'il protégerait son fils Arthur. Et pas seulement ce garçon, mais les autres aussi. Combien de fois Bud était-il venu au secours d'un nageur en difficulté sur ces plages, sans jamais se montrer ?

– Qui es-tu, Eloola ? chantait l'Homme des vagues dans sa tête.

Et il dansait pour elle, une danse effrénée qui déclenchait des trains d'ondes sous-marines. Il lui envoyait des messages de plus en plus puissants pour entrer en contact avec elle.

À un moment donné, malgré la brume et l'obscurité, tout le monde s'était mis à courir dans tous les sens sur la plage. Les uns et les autres s'interpellaient, mais leurs cris étaient couverts par le ressac. Benji cherchait Fifi, mais le chiot demeurait invisible. Arthur avait filé vers la plage dans l'espoir de retrouver Zoé, que Marion cherchait également de son côté. Joël criait aux garçons de revenir près du feu. On ne s'entendait plus.

– Il faut partir tout de suite ! clamaient certains en se dirigeant vers le parking.

– Ne cédez pas à la panique ! répondaient ceux qui ne savaient pas quoi faire et qui constataient que Noah restait toujours là.

Près de lui se tenait Léon, l'ancien nageur-sauveteur, qui avait quand même revêtu sa combinaison de surf. L'océanographe n'en finissait pas de taper sur son clavier à l'accéléré ; en regardant l'écran, il soufflait :

– C'est pas possible ! C'est pas possible !

Sans qu'on sache très bien ce qu'il voulait dire. Plus il regardait son écran, plus Noah envoyait de messages à d'autres centres d'observation pour obtenir des confirmations. L'océanographe était à ce point absorbé par son travail qu'il ne faisait plus attention à l'agitation ambiante. On aurait dit qu'il espérait arrêter cette vague impossible rien qu'avec son ordinateur, tel un dieu défiant les éléments.

– Alors, Noah ? demanda anxieusement Léon derrière lui. Dans combien de temps elle arrive, cette vague ?

– Ou bien elle se rapproche, ou bien elle n'existe pas, bredouilla Noah en guise de réponse.

– En tout cas, on l'attend de pied ferme, déclama le vieux sauveteur, la voix vibrante d'émotion. Et on sera aux premières loges !

Pendant un instant, le chiot se laissa distraire de la balle par une étrange créature qui se déplaçait en travers de la grève humide. On aurait dit un jouet mécanique luisant dans la nuit. Ses petites pattes d'insecte faisaient filer le crustacé à toute allure sur le sable. Fifi n'avait encore jamais vu de crabe, mais il le trouvait fort amusant. Il courut pour l'attraper et l'effleura du bout de son museau ; l'animal était dur et sentait le sel. Lorsqu'il insista, Fifi ressentit une douleur violente à la truffe et se mit à hurler : le crabe venait de lui pincer violemment le museau !

Le chiot s'éloigna de cette sale bête au galop ; du coup il se trouva complètement désorienté. Le jeu était fini. Il n'y avait plus ni feu ni chaleur, plus d'humains caressants, plus d'autres chiens, il faisait froid et humide. Fifi se trouvait dans un monde étranger, avec des odeurs auxquelles il ne comprenait rien. Un frisson le parcourut ; cette fois, il était bien perdu ! Enfin, quelque chose bougea, là-bas : la balle lancée par les enfants. La brise la poussait encore et elle descendait vers des pentes vertigineuses. Cette balle était la seule chose familière dans son environnement immédiat et le chiot se mit à courir joyeusement vers elle, espérant peut-être que cela ferait revenir tous les autres...

Or le plus étrange des phénomènes était en train de se produire en cet endroit de la côte landaise : là où aurait dû se trouver le bord de l'eau, on ne voyait plus désormais que du sable humide, des algues, des coquillages... La mer se retirait ! Il ne s'agissait pas d'une marée basse à fort coefficient, non, mais de bien autre chose, comme le retrait de l'eau avant l'arrivée d'un tsunami... Mais cela, Fifi ne pouvait le savoir.

11
Bud et Eloola

Zoé avait fini par découvrir Bastien sur la dune, insultant la pauvre Pépète terrorisée. Tremblante de colère, elle s'était approchée en profitant de l'obscurité. Consternée, elle l'avait entendu traiter la chienne de tous les noms et la secouer violemment par la laisse. La jeune fille avait alors jailli telle une furie hors de la nuit.

– Laisse cette pauvre chienne, Bastien ! Tu n'as pas le droit de la maltraiter comme ça !

Bastien voulut aussitôt se justifier :

– Mais tu ne comprends donc pas ce qui se passe, Zoé ? J'ai réussi à retrouver Pépète et maintenant j'essaie de la ramener à ses petits, à Joël et Benji, mais cette bourrique ne veut pas bouger ! Et toi en plus, tu me sautes dessus ! Tu ferais mieux de me remercier…

– Ce n'est pas une bourrique, Bastien, c'est un chien ! Et d'abord comment l'as-tu retrouvée ?

Zoé s'accroupit pour caresser et réconforter Pépète, qui lui lécha la main.

– Je l'ai cherchée partout, mentit Bastien, et j'ai fini par comprendre ce qui s'était passé : tout ce temps, elle était restée enfermée chez Nick après leur départ pour Bordeaux.

– Mais alors, rétorqua Zoé, quand tu m'as dit que tu l'avais vue rôder, c'était une pure invention ?

– Mais non, se défendit piètrement Bastien en baissant les yeux, j'avais vu ses *traces*, c'est la même chose…

Zoé allait répliquer quelque chose de cinglant, lorsqu'un hurlement aigu perça la nuit. C'était le moment où Fifi venait de se faire pincer le museau par le crabe. Ce cri eut un effet foudroyant sur Pépète, qui reconnut l'appel au secours de son petit ! La chienne savait que quelque chose de terrible s'approchait et qu'elle aurait dû s'enfuir loin de la mer, mais son instinct maternel la guidait désormais. Elle réagit avec une telle brusquerie qu'elle arracha la laisse des mains de Bastien. Alors qu'elle refusait d'avancer l'instant d'avant, Pépète s'élança vers la mer, disparaissant d'un coup dans la nuit.

– *Pépèèète !* appela Zoé, tout en sentant que c'était inutile.

Elle aussi avait entendu le cri du chiot venant du bord et craignit qu'il ait été emporté. Sans plus attendre et sans ajouter un mot, elle tourna le dos à Bastien et courut vers la mer, sur les traces de Pépète.

Bastien hésita, faillit courir à son tour derrière elle, mais changea d'avis. Zoé le méprisait, et rien de ce qu'il pourrait ajouter n'améliorerait la situation. Mieux valait rejoindre ses amis près du feu…

Arthur connut un moment de pure panique. Après s'être bravement élancé sur la plage à la recherche de Zoé, il se retrouva essoufflé. Assis sur un tronc d'arbre pour reprendre son souffle, il percevait les appels inquiétants des uns et des autres dans la nuit. Sans doute Benji et son père l'appelaient-ils, mais Arthur voulait avant tout retrouver Zoé... Le bruit du ressac, le souffle de la brise et les battements de son cœur l'empêchaient de se repérer. Où pouvait-elle bien être ? Près de l'eau ? Près du parking ? Et ce maudit brouillard qui brouillait les cartes ! Et cette vague, que l'océanographe semblait avoir vue, lui aussi...

Arthur n'eut pas le loisir de réfléchir plus longtemps, car il entendit deux cris : d'abord celui du chiot perdu qui venait de se faire pincer le museau, bientôt suivi de la voix de Zoé appelant « *Pépèèète !* » de toutes ses forces. Sans réfléchir une seconde, Arthur bondit sur ses pieds et se mit à courir en direction de la mer...

Il est des instants où le temps suspend son cours. Tant de choses peuvent se dérouler simultanément, en l'espace d'une seconde : au même instant Joël et Benji cherchaient Arthur, qui cherchait Zoé, qui cherchait Pépète, qui cherchait Fifi, qui cherchait la balle...

... Et pendant ce temps-là, Eloola s'approche, titanesque rouleau compresseur. La houle venue du pôle subit d'ultimes métamorphoses avant la transformation finale. Les énormes masses liquides qui la composent sont freinées par la remontée des fonds, projetées en avant... L'énergie fluide se focalise, tandis que la houle grossit, se cabre.

Eloola caresse bientôt l'immense plateau sablonneux, soulevant au passage des grains de sable volages et millénaires... Eloola s'approche... Elle hume l'haleine poivrée des forêts, l'odeur du sable humide, elle s'emplit du reflet des étoiles sur l'océan et songe au beau voyage qu'elle vient d'accomplir ; combien de souvenirs, de compagnons rencontrés, croisés, aimés puis perdus...

... Aux fin fond du Gouf, dans des tourbillons de sédiments plus vieux que l'humanité, le Fantôme des plages dansait, virevoltait, tournoyait pour mieux créer ses propres vagues. D'une voix de stentor, il chantait ou déclamait des poèmes qu'il avait aimés. Le voilà au milieu d'un poème en forme de vague, écrit par Victor Hugo, l'homme-océan :

... Il fuit, s'élance,
Puis en cadence
Sur un pied danse
Au bout d'un flot.
La rumeur approche,
L'écho la redit.
C'est comme la cloche
D'un couvent maudit,
Comme un bruit de foule
Qui tonne et qui roule
Et tantôt s'écroule
Et tantôt grandit...

Face à Eloola qui roulait vers eux, l'Homme des vagues savait qu'il devait tout donner ; il n'avait plus le choix, il lui fallait danser comme si la survie de l'univers en dépendait. C'est alors que Bud appela à lui les forces de l'océan :

– Venez à moi, calamars géants, baleines mégaptères, venez à moi, immenses siphonophores des abysses, je vous appelle, orques-gladiateurs et dauphins tursiops, raies mantas et requins-tigres, espadons véloces et cachalots farouches... Donnez-moi la sagesse des tortues-luth, et la puissance des thons géants, l'intelligence du poulpe et l'amour des cachalots... Chantez pour moi, jubartes du bout du monde, que vos mélodies résonnent au fond de mon canyon pour me donner la force de guider l'indomptable Eloola !

Zoé dévalait la plage en courant dans la nuit, les idées en désordre. Elle s'efforçait de ne pas réfléchir, pour se concentrer uniquement sur Pépète. Cet idiot de Bastien avait sûrement tout manigancé... Peut-être même avait-il frappé cette pauvre chienne ! Zoé s'arrêta, essoufflée, pour essayer de distinguer quelque chose. Croyant entendre marcher, plus bas sur la grève humide, elle se remit en route dans l'obscurité, sans même s'étonner de ne pas entendre le ressac. Avant tout, il fallait retrouver Pépète. Ses chaussures étaient trempées, mais elle ne s'en souciait guère. Elle songea qu'il devait y avoir une forte marée basse : la grève humide n'en finissait pas.

Plus elle progressait, plus Zoé sentait que le paysage n'était pas dans son état normal : jamais elle n'avait vu la plage à ce point découverte, même lors de grandes marées... Ou bien était-elle victime d'une illusion due à la brume et à l'obscurité ? Elle entendit alors le couinement d'un chiot et des aboiements. Ce n'était plus trop loin, là-bas, après un talus sablonneux. De fortes odeurs d'algues et de poisson flottaient dans l'air, comme si elle se trouvait à l'intérieur d'une vaste caverne marine. Zoé descendait toujours plus bas sans jamais trouver la mer, se demandant si elle était ivre ! Elle tomba sur un curieux spectacle : ici et là, des flaques, des tapis d'algues, et à ses pieds un banc de lançons, ces fins poissons argentés, frétillant sur le sable, comme si on leur avait soudain retiré la mer. Au fait, où était-elle, la mer ?

Les aboiements redoublèrent, tout proches cette fois. Zoé se lança sans essayer de comprendre pourquoi le sol devenait escarpé et vaseux par endroits. La mer semblait s'être retirée loin, très loin hors de vue, mais Pépète se tenait là, sur un rebord rocheux en contrebas. On entendait couiner le chiot comme s'il était coincé quelque part. En arrivant sur les lieux, Zoé poussa un cri de surprise : les sables s'écartaient devant elle pour ouvrir une large brèche. De puissantes saillies de pierre marquaient l'entrée d'une vallée majestueuse. Le grand plateau continental se fendait ici en deux, dévoilant falaises, terrasses, concrétions aux formes bizarres, profondeurs insoupçonnées, tout un univers plein de mystères. La tête du Gouf !

Zoé frissonnait : elle avait sous les yeux l'entrée du canyon sous-marin situé en pleine mer, à 250 mètres des plages. Comment était-ce possible ? Les chiens ne lui laissèrent pas le temps de tirer des conclusions, Pépète aboyait nerveusement en direction d'un trou, tournant vers Zoé des yeux brillants d'espoir et remuant déjà la queue à l'idée que cette jeune fille allait sûrement sauver son chiot.

En se penchant, Zoé vit un puits peu profond, fait de rochers arrondis, d'anémones, d'algues et de coraux, qui luisaient dans l'obscurité. Au fond de cette cavité naturelle, la balle était visible, ainsi que le chiot qui pleurnichait et sautillait sur place, incapable de sortir tout seul.

– *Fifi !* cria Zoé triomphale, ce qui relança l'enthousiasme des chiens et un concert d'aboiements.

À genoux, elle chercha des appuis pour aller le sauver. Peu à peu elle parvint à descendre, glissant ici et là au passage, avant de sauter enfin au fond du trou. Elle prit Fifi dans les bras tandis qu'il pleurait de joie et se tortillait en tous sens. Des myriades de crabes grouillaient sur les rochers, se glissant sous la chevelure des algues.

Zoé sentit que le temps pressait, mais en regardant les parois, elle comprit qu'elle venait de commettre une grave erreur ! Il lui semblait impossible de sortir de là, surtout avec le petit chiot qui sautillait de joie. Elle était coincée ! Les rochers étaient lisses et glissants, couverts d'algues, de coquillages et Zoé ne parvenait à trouver aucune prise dans le noir… Là-haut Pépète aboyait furieusement, car elle sentait, elle aussi, que quelque chose d'énorme s'approchait. D'un moment à l'autre, la mer allait revenir. Il fallait faire vite, Zoé, très vite…

12
La dernière vague

– Lève-toi, Eloola, l'heure de t'envoler approche !
Une voix profonde s'adresse à la houle. Elle éprouve un immense plaisir à rouler de plus en plus lentement au-dessus des fonds sablonneux. Sa course ralentie devient lisse et courbe, des particules dorées tourbillonnent dans l'eau.

Eloola se sent drôle. Elle sait que la fin est proche, une fin qui est aussi commencement. Voilà les rivages qui s'approchent, annonçant la formidable confrontation, l'imprévisible collision… Eloola perçoit autre chose encore : une voix plus proche qui parle à son âme. Ses échos résonnent dans le Gouf tandis que Bud chante à tue-tête et déclame des poèmes ! C'est la voix de l'homme qui virevolte dans l'abîme, ses jambes le font bondir par-dessus les volcans et ses bras puissants engendrent des tourbillons : tel est le Fantôme des plages, celui qui danse au fond du Gouf. Sa voix est aussi douce que la neige fondue et, pour un peu, ce charmant danseur ferait croire à Eloola qu'elle est une sirène et non une vague.

Tout en dansant, Bud repensait aux moments vécus sur ces plages. Des années auparavant, il était venu d'Australie, meurtri par de douloureux souvenirs, désireux d'oublier son lourd secret et de découvrir de nouvelles plages…

Pendant des années, l'Homme des vagues avait ainsi écumé les plages des Landes et du Pays basque, voyageant à bord du minibus qui lui servait de maison. Il ne se déplaçait jamais sans ses palmes, une planche et son appareil photo étanche, toujours en quête de vagues parfaites. Discret et solitaire, Bud avait vécu dans les dunes et plus d'une fois il lui était arrivé de se jeter à l'eau pour sauver un nageur en difficulté. Lorsqu'on voulait le remercier, il s'évaporait…

Un beau matin, sur les plages d'Hossegor, Bud avait croisé le chemin de Kevin adolescent, qui lui rappelait son petit frère, tragiquement noyé à cause d'un filet. Cet été-là, Kevin et Bud avaient partagé des moments uniques, jusqu'au jour où l'Australien avait disparu dans des circonstances énigmatiques, un jour de grosse mer.

Pourtant, d'une certaine façon, l'Homme des vagues n'avait pas vraiment disparu. Certes, aux yeux des vivants, Bud n'existait plus, mais il n'en avait pas moins continué à sauver des nageurs. Il dormait des hivers entiers au fond du Gouf, s'éveillant lorsque les premiers nageurs se mettaient à l'eau sur les plages. Bud parlait aux anguilles en migration aussi bien qu'aux méduses à la dérive, il hantait les contreforts du canyon, explorait les grottes sous-marines, surveillait les failles sismiques, caressait les gorgones et croquait parfois une perle échappée d'une huître plus grosse que les autres. Kevin avait été son ami, son frère...

Aujourd'hui Kevin n'était plus là pour veiller sur son fils Arthur. Mais Bud ne le lâcherait pas. Il créerait une contre-vague, utiliserait l'art des spirales, la science des tourbillons, il attirerait à lui cette énorme créature liquide qui risquait de tout casser...

Zoé crut devenir folle dans cette horrible situation, alors qu'une vague géante menaçait d'arriver d'un instant à l'autre et qu'elle se trouvait piégée au fond d'un trou... Pépète aboyait, le chiot gémissait et Zoé était sur le point de hurler à son tour, lorsqu'une ombre noire masqua le ciel !... Mon Dieu ! *La vague !*

Mais au lieu d'un tsunami, elle découvrit un visage penché sur elle. Tous deux crièrent leur nom avec un mélange de peur et de joie.

– *Zoé !*

– *Arthur !* VITE ! Aide-moi à sortir ! Il ne faut pas rester ici, c'est dangereux !

Voulant à tout prix retrouver Zoé, Arthur n'avait écouté que son cœur. Une fois sur la grève, les aboiements l'avaient guidé. Peu habitué au comportement de l'Atlantique, il ne s'était pas demandé pourquoi la marée était si basse… Il avait bien remarqué des poissons abandonnés sur le sable, des soles ondulant à la recherche de l'eau et quantité de crabes affolés, mais la seule chose qui l'avait guidé, c'était de retrouver Zoé. L'extrême urgence dans sa voix le rendit conscient du danger. Sans perdre une seconde, Arthur défit la laisse de Pépète, le cordage récupéré par Bastien, puis se cramponna à un rocher solide avant de tendre la boucle vers le fond du trou.

Zoé s'était préparée, sachant qu'il lui faudrait agir vite et réussir du premier coup. La peur monta d'un cran lorsqu'elle crut discerner au loin un grondement d'avalanche. Dès qu'elle vit la laisse descendre vers elle, Zoé la saisit fermement. Là-haut, Arthur tenait bon. Elle réussit à se hisser sur une série d'appuis, sans même sentir qu'elle s'écorchait les mains sur des coquillages tranchants. Par miracle, ou parce qu'il sentait enfin le danger, Fifi le chiot restait terré à l'intérieur du pull de Zoé.

S'arc-boutant, elle réussit à atteindre le bord. Arthur put lui tendre la main et l'aider à remonter. Il y eut un moment magique, lorsqu'elle fut sortie et

qu'ils se retrouvèrent tout proches, en ces lieux qu'aucun vivant n'avait jamais contemplés. Ils auraient pu rester ainsi toute la nuit, l'un en face de l'autre, puis se prendre dans les bras, mais des éclairs d'adrénaline revinrent les électriser ; il n'y avait plus une seconde à perdre ! Zoé regarda autour d'elle. L'océan pouvait surgir, montagneux, et les balayer.

– *Cours, Arthur, cours !* cria-t-elle en détalant, et cette fois il ne s'agissait plus d'un jeu.

Pépète, elle aussi affolée, se mit à galoper avec eux vers la plage. Zoé courait de toutes ses jambes, suivie par Arthur dont le cœur battait à tout rompre. Un instant, il s'imagina qu'ils fuyaient entre des rails de chemin de fer et qu'il entendait le souffle d'une monstrueuse locomotive qui les rattrapait... Arthur courait dans les flaques et dans le sable mouillé sans oser se retourner, de peur de découvrir derrière lui une muraille liquide aux dents blanches prête à les broyer...

– Je suis là, Arthur, je veille sur toi... Aie confiance et cours, cours !

Cette voix qui murmurait à ses oreilles alors qu'il détalait comme un lapin, c'était bien celle de l'Homme des vagues, le Fantôme des plages !

Pour Bud la phase finale commençait. Maintenant qu'il avait réussi à se connecter à l'esprit de la vague, il tournoyait sur lui-même, espérant engendrer une onde assez puissante pour faire converger Eloola entre les bras du Gouf ! C'était le seul moyen de protéger ces plages de son impact destructeur.

Avant l'arrivée d'une très grosse vague, l'eau se retire sur une grande distance dans un mouvement de ressac, un effet de succion provoqué par l'arrivée de la vague. Pour se déployer en hauteur et en épaisseur, la vague tire à elle toute l'eau alentour.

Magnifique, Eloola se dressa dans la nuit, tandis que Bud ouvrait son âme aux forces de la mer. Sa dernière danse. Il agitait puissamment ses bras afin de créer des tourbillons. Dans la mer, tout est spirale. Bud maîtrisait la science des tourbillons, il avait surfé dix mille, cent mille vagues, et les connaissait aussi de l'intérieur. N'était-il pas le Fantôme des plages, l'Homme des vagues, celui qui aime les vagues plus que tout ? Bud n'avait plus de famille, de foyer, ni d'enfants et son petit frère adoré était mort... sa famille à lui, c'était la mer, les vagues de toutes sortes, belles ou laides, amantes ou guerrières. Celle-ci serait sa dernière : Eloola, une vague plus grosse que toutes les autres. Un lien particulier se tissait entre elle et lui. Bud dansait pour elle, vers elle, fendant la surface tel un espadon, puis plongeant et disparaissant dans les abysses avec l'assurance d'un cachalot. Il allumait des feux d'artifice dans les ténèbres et puisait ses forces dans les sources chaudes s'élevant des volcans engloutis. Le Fantôme des plages se donnait tout entier à Eloola, lui offrant sa vie, tel le torero face au taureau furieux. « Viens à moi, Eloola, viens ! » l'exhortait-il. Bud chantait et dansait, devenant lui-même maelström, tourbillon auquel rien ne résiste. Il défiait la vague :

— Viens à moi, Eloola, je t'attends. Laisse-toi guider par le Gouf...

Tout en tourbillonnant, Bud touillait l'océan de plus en plus fort, pour faire naître une contre-vague...

Le corps immense d'Eloola s'étire dans des mutations liquides de plus en plus violentes ; une espèce de souffrance s'empare d'elle. Son long voyage s'achève. Les fonds remontent plus vite, engendrant des turbulences qui la secouent et transforment la houle ronde du grand large en un mur de plus en plus vertical…

Et là-bas, au bout du canyon sous-marin, la voix harmonieuse l'attire, elle ne peut s'empêcher d'infléchir sa course pour se diriger vers ce danseur, ce « fantôme des plages », l'amoureux des vagues, qui sait si bien les prendre, les caresser, les respecter…

Eloola sent que la vie lui échappe, qu'elle va se pulvériser pour mieux renaître. Elle voudrait se faire belle avant de se précipiter vers sa propre fin… Elle repense à sa courte vie, aux milliers de milles parcourus à travers l'océan depuis le moment où elle a été générée dans les eaux polaires. Adieu, horizons parfaits, troupeaux de baleines, adieu, albatros et icebergs, voilà qu'elle se sent lasse et trop pleine d'une eau débordante, propulsée avec la force de cent mille colosses…

Pépète courait en tête, suivie de Zoé, puis d'Arthur. Hors d'haleine, ils remontaient vers le haut de la plage et le sable sec ; jamais la plage ne leur avait parue si vaste et pentue. La brume nocturne s'était dissipée, le ciel scintillait d'étoiles toutes neuves. Les éclairs rouges des pompiers illuminaient le haut de la dune. Tous deux s'arrêtèrent en même temps ; après avoir scruté l'horizon derrière eux, Zoé poussa un cri d'horreur :

— *ARTHUR ! Regarde la barre blanche sur l'horizon !*

Tétanisée, elle s'efforçait de percer les ténèbres en plaçant ses mains en visière.

Dans un premier temps, Arthur ne vit rien, mais en scrutant l'obscurité comme elle le faisait, à la façon des Indiens, il discerna quelque chose d'effrayant sur l'horizon : une longue barre blanche qui se rapprochait silencieusement mais inéluctablement. Une vague géante déferlait à l'horizon, s'apprêtant à tout balayer sur son passage. Les adolescents auraient dû s'enfuir, crier, avertir leurs proches, mais au lieu de cela, Arthur et Zoé restaient côte à côte face à la mer, les yeux rivés sur l'avalanche phosphorescente qui déchirait la nuit.

Bud se trouvait maintenant face à Eloola, face à sa destinée. Dans un instant, leurs vies s'uniraient avant de se disloquer à la croisée des chemins. Il ne serait plus jamais l'Homme des vagues, celui qui dort et danse au fond du Gouf, le sauveteur inattendu, le fantôme bienveillant, l'ange gardien. Non, désormais il serait éternellement un esprit en vadrouille, une volée d'embruns arrachés à la vague géante.

Parfois une brindille suffit à briser une montagne, un simple coup de pioche peut fendre un bloc de glace, tout comme le maçon sait où donner son léger coup de pelle pour casser une pierre en deux. Tandis qu'il dansait et tourbillonnait corps et âme, Bud sut comment il devait frapper la houle géante qui venait de s'engouffrer dans le canyon. Il s'élança, le corps tendu, telle une simple flèche d'arbalète lancée à pleine vitesse pour trouver la faille dans la fabuleuse armure liquide d'Eloola...

La vague dressée recouvre le ciel, surmontée d'une large crinière échevelée. Elle ressemble à un cheval blanc transformé en géant furieux. La sensation est exaltante, car Eloola se laisse débouler de tout son poids le long d'une pente qui l'emporte avec douceur et fracas. C'est si amusant ! N'a-t-elle donc parcouru ce chemin que pour finir sur ce long toboggan ? Tout en bas, là-bas, Eloola ne voit plus que lui, l'Homme des vagues, cette flèche de feu, ce point lumineux qui fonce vers elle telle une comète qui chante et danse.

Dans cette boule de feu se concentre toute la vie de Bud, les générations qui l'ont précédé, son petit frère qui l'attend dans l'au-delà, l'ensemble de sa vie terrestre, peuplée de vagues et de sauvetages, de soleil et de solitude...

Enfin, Bud la comète explose au cœur de la supernova liquide. Les profondeurs du Gouf absorbent l'onde de choc. Au lieu d'une vague destructrice prête à déferler sur les terres, c'est une véritable fontaine de lumière qui explose et s'élève haut dans le ciel, illuminant la voûte nocturne de ses gerbes blanches qui retombent en une myriade de feux de Bengale.

Pépète se mit à hurler à la mort, tel un loup dans un film d'horreur. Ébahis, Arthur et Zoé contemplèrent le spectacle qui s'offrait à eux. La vague noire et monumentale qui enflait sur l'horizon ressemblait à une chaîne de montagnes en mouvement, gommant une à une les étoiles avant de recouvrir le monde.

Face à un phénomène d'une telle ampleur, Arthur et Zoé se sentirent redevenir deux minuscules mammifères, blottis l'un contre l'autre. Il ne servait plus à rien de fuir ; la vision était si fascinante qu'on ne pouvait en détacher son regard, tout comme une mangouste fascinée par le cobra qui va frapper.

Mais au lieu de progresser telle une armée en marche se déployant sur toute sa largeur, la vague géante se mit à déferler en arc de cercle, pour finir par se ramasser sur elle-même : des tonnes d'eau en furie, milliers de Niagara superposés, s'engouffrèrent alors entre les parois du canyon. Au cœur du bouillonnement, une explosion formidable emplit la nuit, projetant de hautes gerbes blanches vers les étoiles.

Arhur et Zoé tremblaient, criaient, serrés l'un l'autre de plus en plus fort, face à la violence de

l'explosion liquide. L'écume projetée vers le ciel forma de brèves arabesques blanches. On aurait dit qu'une météorite venait de frapper l'océan.

L'instant d'après, un déluge d'eau salée se déversa sur les plages, les dunes et jusque sur la route. Cela ne dura que quelques secondes, mais tout le monde fut trempé des pieds à la tête. Et puis plus rien. Un étrange silence tomba sur la nuit.

Arthur et Zoé se regardèrent, détrempés ; ils auraient pu être seuls au monde. En sentant le goût de l'eau de mer, Arthur eut une pensée émue pour l'homme qui l'avait guidé si discrètement. Il craignit de ne plus jamais entendre sa voix rassurante.

– C'est de l'eau salée, murmura Zoé frissonnante, passant sa langue sur ses lèvres.

– Je pensais que ce raz-de-marée allait tout raser sur son passage et nous avec, dit Arthur d'une voix éraillée par l'émotion… Et d'un coup, la vague s'est précipitée dans le Gouf et là, boum ! Elle a explosé !

– Tu as vu ça ? Les gerbes d'eau sont montées si haut dans le ciel ! se remémora Zoé.

– Et cette lumière blanche ! ajouta Arthur.

– Mais où est-elle allée ?

– Qui ça ?

Arthur était encore sonné.

– Eh bien, la vague, andouille ! Où est-elle passée ? insista Zoé.

– Tu sais ce que ça me rappelle, répondit-il encore excité, un film que j'ai vu sur les trous noirs dans l'espace. Il paraît qu'ils peuvent absorber l'énergie de milliards de soleils qui disparaissent dedans d'un seul coup, comme ça — il claqua des doigts —, sans laisser de traces et sans qu'on puisse l'expliquer !

– En tout cas on l'a échappé belle ! souffla Zoé. Et j'en connais un qui n'en mène pas large, dit-elle en regardant le chiot toujours blotti au chaud contre elle. Le pauvre Fifi tremble comme une feuille !

– Le Gouf nous a protégés, murmura Arthur solennel, se remémorant les paroles de l'Homme des vagues. Je suis sûr que c'est grâce à lui…

– Qui ça ? demanda Zoé qui l'écoutait.

Se rendant compte qu'il en avait trop dit, Arthur mima la réponse que venait de lui faire Zoé :

– Eh bien, le fantôme, andouillette ! Et ils se mirent à rire, d'un rire libérateur. C'était si merveilleux d'être encore en vie !

Le feu de la plage avait été complètement éteint par les retombées de la vague et l'océanographe, lui aussi trempé des pieds à la tête, n'en finissait pas de crier, face au prodige qu'il venait de suivre en direct sur son ordinateur. Malgré l'auvent qui le protégeait, le portable avait été noyé par les tonnes d'eau salée tombées du ciel. Noah ne s'en souciait guère, convaincu qu'il venait de vivre un phénomène unique dans les annales de la science des vagues. Il avait pu suivre en direct l'évolution de cette gigantesque et mystérieuse vague, jusqu'au moment de sa disparition.

Après ce déluge d'eau salée, plusieurs voisins étaient revenus sur la plage, ainsi que des pompiers cherchant, eux aussi, à comprendre ce qui venait de se passer. Tout le monde avait entendu l'explosion. Encore sous le choc, Noah prit ses amis à partie :

– C'est inouï ! Je n'ai jamais vu ça ! Une vague de cette dimension qui apparaît et disparaît d'un seul coup !

Noah se tournait tantôt vers l'un, tantôt vers l'autre :

– Elle était gigantesque ! Je l'ai suivie en direct sur mon ordi, elle venait droit sur nous et en quelques secondes, tous les paramètres se sont mis à converger vers un seul point, vers le Gouf... Et puis il y a eu cette incroyable explosion...

– Et quelques instants après, ajouta le vieux sauveteur dans sa combinaison de surf, un déluge d'eau salée nous tombe sur la tête. C'est pas banal ! Comment est-ce possible, Noah ?

– Je pense que c'est un effet de réfraction qui a créé une onde inverse, une contre-vague.

– *Une contre-vague ?* demandèrent plusieurs voix.

– C'est une vague qui arrive en sens inverse et qui fait tout basculer, comme un tremplin. Imaginez une voiture lancée à 500 km/h sur un sol lisse et soudain elle roule sur une noix de coco... Eh bien, à ce moment, elle décolle au lieu de continuer sa course !

C'est sans doute ce qui est arrivé à cette vague ; c'est pour ça que nous sommes trempés d'eau salée ! La noix de coco, c'était une contre-vague !

Ce qu'ils ne savaient pas, c'est que cette contre-vague était l'ultime avatar de Bud, le Fantôme des plages, la flèche agile qui avait trouvé la faille dans la carapace liquide…

Les aboiements joyeux et suraigus de Pépète et de Fifi interrompirent la discussion. Joël et Benji revenaient vers la plage, suivis de Marion. Lorsqu'ils virent arriver Zoé, Arthur et Pépète, des cris de joie et de reproches fusèrent en tous sens :

— Ouf ! Vous voilà ! Mais où étiez-vous donc passés ? On était morts d'inquiétude.

— Et Pépète ? D'où elle sort ?

— Vous avez vu ce qui s'est passé ?

— D'où venait toute cette eau de mer ?

— Qu'est-ce que tu as aux mains, Zoé ? demanda Marion en regardant les paumes ensanglantées de sa sœur.

— Je me suis coupée…

Zoé avait mal aux mains, mais elle était trop émue pour s'en occuper. Elle se remémora ce qu'ils venaient de vivre, la mer qui se retire, le Gouf apparaissant à découvert… De toute évidence, Arthur et Zoé étaient les seuls à l'avoir vu. Il y avait eu ce moment épouvantable où elle était restée coincée au fond du trou, alors que la vague allait arriver. En remontant le plus vite possible sur les rochers avec l'aide d'Arthur, elle s'était écorché les mains sur les coquillages. Mais que pouvait-elle leur dire ? Il n'y avait que du sable, ici…

Joël et Benji étaient heureux de retrouver Arthur, et en plus Pépète et Fifi étaient là eux aussi ! Tout le monde rentra chez soi pour se sécher ; les questions furent remises à plus tard. Arthur et Zoé eurent bien du mal à se séparer après ce qu'ils venaient de vivre. Ils se retrouvèrent seuls un instant avant de partir. Arthur n'avait pas envie de la quitter et elle non plus.

— Il est tard et on est morts de fatigue, chuchota Zoé, raisonnable. Pour l'instant on va se coucher, mais tu sais que la porte de ma cabane reste ouverte. Dors bien, mon sauveur !

Ces mots firent fondre Arthur. Tout ce qu'ils venaient de partager ressemblait à un rêve. Il prit sa main pleine de sang séché.

— Si tu n'avais pas tes coupures aux mains, je dirais qu'on a rêvé, toi et moi.

— Des rêves et des secrets… On en partage beaucoup, toi et moi, dit-elle tendrement.

— Ah, Zoé. Il n'y a qu'avec toi que je peux vivre des choses pareilles. Mais surtout, soigne bien tes coupures…

— Ne t'inquiète pas, ce n'est pas profond. Dors bien et à demain, Arthur, souffla-t-elle d'une voix douce.

La nuit même, de retour au Ranch, Joël comprit que les deux garçons étaient trop excités par ce qu'ils venaient de vivre pour s'endormir facilement. Ils avaient enfin réuni Pépète et les trois chiots ; les retrouvailles avaient été bruyantes et remuantes ; les chiots n'en finissaient pas de se jeter sur leur mère et de chercher ses mamelles.

Une fois couchés, les garçons ne tenaient plus en place. Ils se parlaient d'une chambre à l'autre et gigotaient tels des asticots. Joël finit par décider que ce n'était vraiment pas une journée comme les autres et qu'il fallait marquer le coup. Alors il alluma un feu de bois dans la cheminée et installa trois lits de fortune. Puis il proposa aux garçons de dormir en bas, autour du feu : une sorte de campement nomade dans le salon.

– Heureusement que Barbara n'est pas là ! dit Joël complice.

Une fois installés autour du feu rougeoyant, ils parlèrent un bon moment de ce qui venait de se passer ; tous les trois en avaient besoin. Personne ne parvenait à expliquer ce déluge d'eau salée. Arthur ne leur dit pas qu'il avait vu la mer se retirer. C'était trop énorme, trop invraisemblable. Le feu chantait et grésillait confortablement et Benji finit par s'endormir. Sa respiration régulière ne tarda pas à entraîner les deux autres dans les bras de Morphée.

Au petit matin, Arthur fut le premier réveillé. Il s'extirpa silencieusement du lit pour ne pas réveiller Benji ou son père. Le cœur battant, il n'avait qu'une idée en tête : revoir Zoé. Il laissa un mot bien visible sur la table pour expliquer où il allait, puis enfourcha son vélo. Quelques instants plus tard, il retrouvait enfin Zoé dans son petit palais en bois.

– Moi non plus je n'ai pas bien dormi, répondait Zoé en préparant du thé sur le camping-gaz. J'avais trop de choses à penser. Je n'arrive pas à croire ce qu'on a vécu hier soir, toi et moi. J'aimerais tellement comprendre ce qui s'est passé !

Ses mains étaient entourées de bandages.

– Et tes mains ?

– Ça va, ce n'est pas grand-chose. Maman a insisté pour me mettre ces bandages avec de la pommade dedans. Mais je ne vais pas les garder longtemps, crois-moi !

Ils se mirent à rire, osant à peine se regarder dans les yeux, tellement proches et sur la même longueur d'onde que c'en devenait gênant. Près d'elle, les soucis d'Arthur s'envolaient. Il ne pensait plus à son père, qui avait tant aimé ces plages, ni à sa mère, qui refaisait sa vie avec un autre homme, il ne pensait même plus à Bud et à sa voix rassurante, il ne pensait qu'à Zoé, la fille de la mer.

– J'ai fait un rêve cette nuit, dit-elle en servant le thé. Il y avait de l'eau partout sur terre… L'océan était rentré loin dans la forêt, dans les villes, dans les terres. Quelques îles surnageaient ici et là, le haut des montagnes ; toi et moi on était dans une pirogue en train de pêcher et on vivait sur des radeaux.

– Tu crois que c'est un rêve prémonitoire ? Que la terre finira recouverte par les mers ? demanda Arthur.

– Ça fait partie des possibles !

– Alors on ferait peut-être bien de se préparer à redevenir des hommes et des femmes-poissons…

– Glou glou glou ! mima Zoé, et tous deux éclatèrent de rire.

Épilogue

Après ces événements, la vie reprit son cours. Pendant quelque temps, on observa attentivement la mer, les cartes météo, les relevés satellites, les bulletins d'information, mais tout semblait revenir à la normale. On n'expliqua jamais vraiment ce qui s'était passé cette nuit-là, mais cela servit de point de départ à de nombreuses réflexions sur la protection des océans et du littoral. Zoé et Arthur passaient beaucoup de temps ensemble ; leurs amis les appelaient « les amoureux ».

Un matin, le soleil levant dévoila de belles vagues pour le surf. Toute la bande se donna rendez-vous à la plage sud. Arthur prit une planche de bodyboard et décida de les accompagner de l'autre côté de la barre. Il enfila des palmes et se lança dans l'eau écumante en compagnie de Benji et de Zoé. S'efforçant de rester à leur niveau, il passa tant bien que mal sous les vagues entrantes. Plusieurs fois il fut jeté de sa planche, mais à chaque fois il repartit sans faiblir, jusqu'au moment où il se retrouva enfin sur des collines mouvantes. Quelle drôle d'impression, de ramer en côte, puis de passer de l'autre côté ! Ça y est ! Il y était enfin, là-bas, avec les autres...

« Tu vois, je te l'avais dit ! » La voix semblait résonner dans sa tête. En un éclair, Arthur se souvint de sa première prise de contact avec le Fantôme des plages, le jour de son arrivée. Il pensait ne jamais avoir le courage de suivre ses amis de l'autre côté de la barre, lorsque la voix s'était fait entendre dans sa tête : « Mais si, tu iras là-bas ! » Bud avait raison...

– Hey, Arthur ! lança Zoé.

Le jeune homme semblait perdu dans ses pensées, inattentif à son environnement. Or il se passait quelque chose.

– « Ne tourne jamais le dos à la mer ! » lança Zoé.

Il s'agissait d'un avertissement : une série de vagues arrivait. En les voyant se dresser sur l'horizon, collines menaçantes, Arthur les trouva grosses et se mit à frissonner. Le souvenir de la vague géante flottait encore en lui ; la peur le pétrifiait.

– Rame, Arthur, rame ! cria Zoé d'une voix aiguë.

Arthur n'était plus lui-même ; il prit du retard à démarrer alors que la première vague arrivait. En accélérant ses coups de rame et de palmes, il parvint tout juste à grimper jusqu'au sommet de la crête écumante et à passer de l'autre côté. Trop heureux d'avoir réussi à l'éviter, il connut un moment d'exaltation, mais de courte durée, car la deuxième vague brisait déjà au-dessus de sa tête...

En voyant Arthur sur le point d'être pris par la vague, Zoé sentit en elle un déclic qui lui noua le ventre. Elle aurait voulu crier pour lui conseiller de plonger en canard sous la vague, mais ne parvint pas à articuler un mot. Une émotion nouvelle l'emplit, où se mêlaient son attachement à ce garçon et la crainte de le voir disparaître. La crainte... Que se passait-il donc ? Les certitudes de Zoé volaient en éclats tandis qu'elle regardait la lèvre blanche de la vague se lancer en avant.

Paralysée, Zoé ne vit pas venir les autres vagues. Une confusion inattendue régnait en elle, qu'elle ne comprenait pas. « Zoé la terreur des vagues, la surfeuse sans peur... » Tout cela n'était-il donc qu'une poignée de mots ? La seule chose qu'elle voyait à présent, c'était le visage d'Arthur au creux de la vague. *Elle avait peur !* C'était donc ça ! Elle qui n'avait jamais peur dans l'eau se trouvait soudain désemparée... Mais pourquoi ? Pourquoi ?

Lorsque Arthur se trouva face à la vague, sa peur se transforma en farouche volonté d'action et il prit la décision de se lancer dans la pente, coûte que coûte. Ses bras ramèrent avec vigueur et il palma

aussi fort qu'il le put. Un instant il réussit à remonter sur le côté de la vague puis, lorsqu'il devint évident qu'elle allait casser sur lui, il dirigea sa planche dans le sens de la pente ; le tout en un clin d'œil. Il fut alors poussé par une force incroyable qui le propulsa en avant à toute allure.

Arthur se cramponna de toutes ses forces, entraîné dans ce rodéo aquatique aussi terrifiant qu'exaltant. Il rebondit sur des matelas de mousse, menaçant à chaque instant d'être désarçonné, mais tout au long de cette descente, Arthur n'avait qu'une image en tête, qui lui donnait une énergie nouvelle : Zoé. En s'approchant de la plage après cette vague fantastique, la première qu'il surfait de sa vie, Arthur comprit qu'il avait vaincu la peur. Cela lui ouvrit des portes. Il sut aussi qu'il le devait à Zoé.

Au moment où elle avait vu la vague se refermer sur Arthur, le ventre de Zoé s'était serré en un nœud coulant. Elle l'avait imaginé, surfeur peu expérimenté, disparaissant dans le bouillon, noyé, éliminé de sa vie. Elle savait pourtant que ces vagues d'un mètre cinquante n'étaient pas dangereuses et qu'Arthur ne risquait pas grand-chose. Pourquoi alors avait-elle éprouvé ce sentiment violent pour la première fois de sa vie ? Cette peur si peu familière ?...

Soudain, alors qu'elle se posait la question, la réponse lui apparut, aussi aveuglante qu'un éclair :

Arthur. Ce qu'elle ressentait pour lui était si fort que cela provoquait aussi la peur de le perdre…

Les jours de l'été s'écoulèrent ainsi, pleins de sel, de sable et de mots doux. Arthur et Zoé passaient de longs moments ensemble sur les plages, riant et courant, se roulant dans le sable, plongeant dans les vagues. Ils étaient les enfants de la mer. Ils aimaient s'imaginer dans un monde dominé par l'océan, vivant à moitié dans l'eau et le reste du temps sur des bateaux ou des plages tropicales. Ils partageaient des secrets et avaient vécu des choses extraordinaires qu'ils ne pouvaient raconter à personne. Qui les aurait crus ?

Benji était l'un des seuls à partager quelques petits secrets avec eux et ils avaient beau passer du temps ensemble, il sentait bien qu'une bulle s'était créée autour de ces deux-là, que rien ne pourrait rompre.

La voix de Bud ne revint plus résonner aux oreilles d'Arthur, mais le jeune homme savait que l'Homme des vagues était à ses côtés dès qu'il s'approchait de la mer. Peut-être ne l'entendrait-il plus jamais, mais le seul fait de savoir qu'il était là, quelque part, dans les nuages, dans les embruns, le rassurait.

Malgré les prévisions alarmistes de certains, il n'y eut plus de vague géante cet été-là. Mais désormais on ne regardait plus l'horizon de la même façon. L'océan n'était plus une surface figée à la géographie définitive. D'un coup, il pouvait effacer des îles, gommer le littoral, pénétrer dans les terres, s'imposer par la force. Et la force de l'océan, c'est avant tout ses vagues… Vagues guerrières ou vagues messagères… À elles seules, elles pouvaient changer la face du monde. Arthur et Zoé le savaient mieux que quiconque, eux qui avaient contemplé de leurs yeux le fond de la mer et une vague géante.

À leur façon, les deux jeunes gens se préparaient à ces transformations futures. Et lorsqu'un jour de calme plat Bastien passa près d'eux et dit, en montrant la mer :

– Plutôt tranquille, non ?

C'est avec un demi-sourire qu'Arthur lui répondit :

– Pour l'instant !…

Table des matières

1. Un été pas comme les autres, 7
2. Un rêve prémonitoire, 29
3. Ne tourne jamais le dos à la mer, 49
4. Hopupu, 75
5. Eloola, jeune houle, 99
6. Poisson-lune, 105
7. Une voix dans la mer, 131
8. Enfance d'une vague, 147
9. Bain de minuit, 151
10. Un vent de panique, 165
11. Bud et Eloola, 179
12. La dernière vague, 189
Épilogue, 209

Hugo Verlomme

L'auteur

Deux passions animent Hugo Verlomme : l'écriture et l'océan. Installé au Pays Basque, il vit et écrit près de la plage et pratique la nage dans les vagues (bodysurf). Dans ses jeunes années, il a été journaliste et voyageur au long cours. Ses livres, romans et documents (près de trente au total), parlent très souvent de la mer, des vagues, des dauphins... Il a écrit le premier livre sur le surf ainsi qu'un roman, *Mermere*, best-seller racontant l'histoire d'un peuple qui vit dans la mer, loin de toutes terres. Il est aussi l'auteur du *Guide des voyages en cargo* et travaille pour le magazine bimestriel *Thalassa*.

Mais les jeunes lecteurs connaissent surtout son grand succès pour la jeunesse, *L'Homme des vagues*, roman étudié en milieu scolaire, ainsi que *Les Indiens de la Ville-Lumière*, pour lesquels Hugo Verlomme s'est souvent rendu dans des écoles ou des collèges. Depuis des années, les milliers de lecteurs de *L'Homme des vagues* réclamaient une suite. La voici enfin avec *Le Fantôme des plages* !

Marc Lagarde

L'illustrateur

Né en 1965 à Bordeaux, Marc Lagarde est diplômé de l'Union centrale des Arts Décoratifs de Paris. Passionné par la mer et le surf depuis l'adolescence et installé au Pays Basque pour cette raison, il a voyagé en quête de vagues parfaites en Europe, Afrique du Nord, Caraïbes, Asie, Australie. Il fait de la compétition en kayak-surf, il est guide-formateur en kayak et rafting dans les Pyrénées. L'illustration est son métier mais aussi le moyen de prolonger sa passion pour la mer et les sports liés à l'environnement aquatique. Il illustre actuellement des guides et des ouvrages touristiques ou sur le patrimoine, des magazines, des cartes postales, des affiches.

Ce livre est le troisième qu'il réalise en collaboration avec son ami Hugo Verlomme sur le thème du surf. Ils sont d'ailleurs voisins et fréquentent les mêmes vagues, ce qui crée des liens !

Retrouvez l'univers
d'**Hugo Verlomme**

dans la collection

L'HOMME DES VAGUES

n° 797

Les vacances chez tante Lise risquaient de ne pas être vraiment passionnantes et pourtant, pour Kevin, cet été-là va être l'été de toutes les émotions et de tous les dangers. Parti sans ses parents à Hossegor, dans les Landes, il va d'abord suivre son cousin Joël, fanatique de surf, sur les grosses vagues des Landes ; puis il fait la connaissance de la jolie et énigmatique Floria ; enfin il va découvrir, grâce à Bud l'Australien qui l'initie au body-surf, la passion de la mer et des vagues. Mais quel terrible secret se cache dans le passé de l'Australien ? Pourquoi les chasseurs sont-ils si furieux contre lui ? Et quel peut être le rôle de la si jolie Floria ?

L'Homme des vagues a remporté le prix Versele, le prix Pithiviers, le prix Saint-Éxupéry et le prix de la Ville de Marseille.

Également
du même auteur

Aux éditions Gallimard Jeunesse :
Les Indiens de la Ville-Lumière, collection Folio Junior, 1995

Aux éditions Fleurus :
Le manuel du jeune Robinson (4 volumes), 1992

Mise en pages : David Alazraki

Loi n° 49-956 du 16 juillet 1949
sur les publications destinées à la jeunesse
ISBN : 978-2-07-057026-3
Numéro d'édition : 134791
Dépôt légal : mai 2007

Imprimé en Espagne par Novoprint